…a
…文庫

仮面の求愛

水月青

イースト・プレス

contents

プロローグ

「まあ、来てくれたの？」

アドニスの花のほんのりと甘い香りが漂う部屋の中。天蓋《てんがい》つきのベッドの上で上半身を起こしていたカレンは、小さな客人に笑みを向けた。

視線の先には、艶《つや》やかな黒い髪を持った幼い男の子が、部屋の扉近くで所在《しょざい》なげにたたずんでいる。

カレンの他には数人の侍女がいるだけの広い部屋の中で、彼はひどく浮いて見えた。

それは彼の顔を覆っている白い仮面が異質であるからだろう。凹凸《おうとつ》が少なく無地《むじ》のそれは、ある決まり事のせいで人前では外せないのだ。

「ここに来て、レヴァン」

定期的に飲んでいる薬の包み紙をちょうど開いたところだったカレンは、中の粉薬を零《こぼ》さないようにそっとサイドテーブルに置き、ゆっくりと手招きする。するとレヴァンは素直に従った。

近くで見ても、仮面で隠されている彼の表情は分からないが、目の部分にぽっかりと開いた二つの穴から覗く、髪と同色の黒い瞳を見ることはできる。ベッドから出られないカレンは、静かにこちらを見つめるレヴァンに、ありがとうと目で伝えた。

「王には気づかれませんでしたか？」

カレンの背に柔らかなクッションを当てていた侍女が、無言で立っているレヴァンに問いかけた。その声はひどく不安そうで、部屋の隅に控えている侍女たちも同様にそわそわと落ち着きなく扉を見ている。

侍女の問いかけにしっかりと頷いてから、レヴァンはぽつりぽつりと言葉をつむいだ。

「初雪が降ったらもう一度来ると約束した」

「よく覚えていたわね。来てくれてありがとう」

随分前にした約束を覚えてくれていたことが嬉しくて、カレンはレヴァンの頭を撫でようと手を伸ばした。しかし、最近ますます体力が落ちて持ち上げるのも億劫な手は、低い位置にある彼の頭にすら届かなかった。

病のせいなのか、赤い斑点《はんてん》が目立ってきた、骨と皮ばかりの自分の手を力なく握る。まだ二十代半ばだというのに、痩せ細って張りのない肌は老人のようだ。

カレンは手が動かない代わりに、精一杯の笑顔をレヴァンに向ける。

「城で不自由はしていない？」

問いかけに、レヴァンは頷く。けれど、自分と同じ色の彼の瞳には何の感情も浮かばない。そのことにカレンは悲しい気持ちになった。

レヴァンがどういう扱いを受けているのか知っているのに、それが誰のせいかも分かっているのに、カレンにはどうすることもできない。それがもどかしかった。

カレンは思わず溢れ出しそうになる謝罪の言葉を飲み込み、できるだけ明るく微笑んだ。

「来てくれて良かったわ。どうしても直接渡したいものがあったの」

言って、左手の薬指から指輪を抜き取る。紅い宝石のついたそれは、カレンが愛する人からもらったものだった。今まで肌身離さず持っていたそれをひと撫でしてから、レヴァンに差し出す。

「これをあなたに持っていて欲しいの」

レヴァンは無言で手を伸ばした。断られなくて良かったと安堵しながら、カレンはふるえる腕を伸ばして彼の手に指輪をのせた。大きな石のついたそれは、レヴァンの小さな手には少しだけ重たそうに見えた。

ぎゅっと指輪を握り込んだ彼は何も言わなかった。無関心にも見える瞳でただ静かにカレンを見つめている。けれどカレンには分かった。こうして会うことができるのはこれが最後だと彼は悟っているのだと。

いつもならカレンの顔を見てすぐに帰ってしまうのに、今日はカレンに近づき、そして会話をしようとしてくれた。指輪も受け取ってくれた。彼は、カレンの最後の望みを叶えようとしてくれたのだ。

レヴァンは一度手のひらを開いて指輪を見てから再びきつく握り込み、カレンに視線を戻した。

「用はこれだけ？　なら帰る」

その言葉にカレンは笑顔で頷いた。溢れ出そうになる涙を必死に堪《こら》えたため、目が潤《うる》んでしまったかもしれない。感情を表さないレヴァンの瞳が一瞬だけ揺れたような気がしたのはそのせいだろう。

レヴァンはその後すぐに、踵《きびす》を返して足早に部屋を出て行ってしまった。

振り返ることのない小さな背中を見送ってから、カレンは流れ落ちる涙をそのままに、力の入らない両手を胸の前で組んだ。

「私の自分勝手な想いで、あの子に悲しい人生を与えてしまった……。あの子が仮面をとれる日はくるのかしら？　いつか笑えるようになるのかしら？」

「大丈夫ですわ、きっと」

　傍にいた侍女が、励ますように答えた。頬を濡らす涙をハンカチで丁寧に拭ってくれた彼女は、痩せ細ってしまったカレンの体を支え、サイドテーブルに置いてあった薬包紙と水の入ったカップを差し出す。

「お体を治して、これからも見守りましょう」

　それは決して叶わないことだと、ここにいる誰もが分かっていた。けれどカレンは、そうね…と素直に頷き、手渡された薬を口に含み、水で喉に流し込んだ。

　もう薬を飲んでも回復の兆しは見えない。

　ベッドに体を横たえて目を瞑《つむ》ったカレンは、レヴァンの前で少し無理をしてしまったせいか、すぐに睡魔が襲ってくるのを感じた。眠りに誘われ、朦朧《もうろう》とした意識の中で、レヴァンのこれからを祈る。

「レヴァン、幸せになって。……見届けることは…できそうにないけれど、心から……そう願っている…わ」

数日後。

粛々《しゅくしゅく》と葬儀が行われた。

王のただ一人の側室であったカレンが、若くして亡くなったのだ。

側室を王宮に住まわすことを王妃が許さなかったため、離宮に隔離されていたカレンは、表に出ることなくひっそりと暮らしていた。そのため、彼女と面識のない者が多く、偲《しの》んで泣く者は少ない。それでも、城の中は粛然としていた。

葬儀に参列した後、いつものように部屋に閉じこもる気分になれなかったレヴァンは、あてもなく城内をうろついていた。

用事がない限り部屋から出るなと王から言いつけられているが、胸にぽっかりと穴が開いたような感覚を持て余し、じっとしていられなかったのだ。

王宮の内部は同じような廊下が続き、迷子になりそうなほど広くて複雑な造りになっている。そのため、どこをどう歩いたか分からなくなってきていた。

引き返そうかと思い始めた時、廊下の先に衛兵の姿を発見した。微動だにしない彼らの背後に大きな扉があるのに気づいて足を止めたレヴァンは、すぐに踵を返そうとした。近づいてはならない場所に来てしまっていたからだ。

しかし、レヴァンがその場を離れるより先に、重厚なその扉が大きく開け放たれ、笑い声を上げながら数人の女が出て来た。その先頭にいるのは、近頃ずっと部屋から出て来ず、側室の葬儀にも参列しなかった王妃である。

側室の葬儀の日だというのに、胸もとに大きな宝石のついた赤いドレスを身にまとい、笑顔で侍女たちと会話をしながら廊下を歩いて来た王妃は、ふと顔を上げてレヴァンの姿を目にした瞬間、弾かれたように後ずさった。

「どうしてここにいるの！」

先程までの楽しそうな様子を一変させ、王妃は綺麗に化粧した顔を大きく歪めて叫んだ。

「部屋から出るなと言ってるでしょ！　その黒い髪を私に見せないで！　やっといなくなったと思ったのに！　どうして私の前に現れるのよ！　死んだはずでしょう！」

最初は確かにレヴァンに向けられた言葉だったのに、後半はまるで亡霊に向けて言っているかのようだった。レヴァンを遠ざけるように大きく両手を振り払いながら、真っ青な顔で彼を見ている王妃の様子は尋常ではなく、周りの人間も戸惑ったように彼女を遠巻きに見ていた。

「来ないで！　化け物！　またそんな目で私を見るの！　その目が嫌なのよ……私のほうが優れているのに……どうして……」

怯えた目でレヴァンを見ながら、王妃はじりじりと後ずさる。小刻みに震える自らの体を抱き締めてぶつぶつと何かを呟き始めた王妃の言葉を聞き取りたくて、レヴァンは一歩彼女に近づいた。

するると突然、王妃は持っていた扇をレヴァンに投げつけた。レヴァンがあっさりとそれを避けると、王妃は狂ったように叫ぶ。

「嫌！　まだそこにいるの！　私の前から消えて！　消えてよ！」

その言葉に、それまで呆気にとられたように王妃を見ていた衛兵が、慌ててレヴァンに退去を促した。

「私じゃない……私じゃない！　やっといなくなったと思ったのに、どうしてまた現れるのよ！」

踵を返すと同時に響いた王妃の金きり声に、レヴァンは一瞬動きを止めた。しかしすぐに、自室に戻るために歩を進める。

すると、

「王妃の機嫌が悪い」

「髪の色が同じだから……」

「あの不気味な仮面……」

乱心している王妃を宥めながらも、遠巻きにレヴァンを眺めている侍女たちの囁《ささや》きが耳に入ってきた。

その言葉の意味を理解しようとは思わなかった。自分に対する陰口は珍しくもないし、噂好きの多いこの王宮においては、その言葉の何が嘘で何が本当なのかレヴァンには判断できないからだ。

レヴァンは彼らに視線を向けることなく、ただまっすぐに前を見据えて進む。

物心がついた時から常に陰口の対象になっているという自覚があったから、今更傷つくこともない。

けれど、自室に向かっていたはずの足は、いつの間にか離宮へと向かっていた。

カレンはもういないと分かっているのに、無意識に彼女に会いに行こうとしてしまったのだ。

王妃の目があったのでカレンは城に入ることはできなかったが、レヴァンのほうは、小さな体を利用してこっそりと離宮に忍ぶことができた。カレンと会うことは王に禁止されていたが、彼女の温かな笑顔が見たかった。彼女の元気な姿を一目でも見られればそれで良かった。

しかしもう彼女はいないのだ。

レヴァンはぴたりと足を止める。このまま進んでも意味がなく、だからと言って自室に戻る気にもなれなかった。少し考えた後、庭園に向かうことにする。迷路のように入り組んだあの場所なら、誰にも邪魔されずに一人になれるはずだ。

そう決めて何度目かの角を曲がったその先に、二つの人影があるのに気づいた。廊下の壁にもたれるようにしている少年と彼と向き合うように立っている少年だ。

壁にもたれている少年は、地味な色合いではあるが裾に沿って細かな刺繍《ししゅう》の入った深緑色の上着を着ていて、その前に立つ少年は普段着にしては派手な大きな刺繍の入った赤い服をまとっていた。彫りが深く整った顔立ちがよく似ている二人は、窓から差し込む日の光に透けて輝く髪の毛まで同じ金色をしている。違うのは、赤い服を着ている少年のほうが少しだけ背が高いというところだろうか。

二人はレヴァンに気づくと、碧色の瞳を僅《わず》かに見開いた。

深緑の服の少年は動こうとしなかったが、赤い服の少年が柔らかそうな毛をふわりと揺らして足早に近づいて来る。

「さすがに今日は部屋から出て来たんだね」

よく通るその声がレヴァンに向けられているのだと分かっていても、レヴァンはそれに答えることなく、歩をゆるめることもしなかった。

いつだって無視を決め込むレヴァンだが、赤い服の少年は懲《こ》りもせず会う度に話しかけてくる。しかしいくら話しかけられようとも、レヴァンには彼と仲良くする気はなかった。

「まだ若かったのに残念だよね。……って、無視しないでよ！」

レヴァンよりも体格の良い彼が、大きく両腕を広げて進行を妨《さまた》げる。それ以上前に進むことができなくなり、レヴァンは仕方なく足を止めた。

「あまり会うことがなかったとしても、彼女は君の母親だろう」

答える気のないレヴァンは窓の外に視線を向けた。けれどそれもいつものことだと思っているのか、少年は気にすることなく喋り続ける。

「涙の一つでも流したらどうだい？　母親が亡くなったんだから」

少年の呆れたような声を聞きながら、レヴァンは視線を落とした。

「それとも、その仮面の下は涙で濡れているのか？」

少年はそう言って大げさに肩を竦《すく》めてみせる。すると、

「ジェラルド兄様、もうよしなよ」

それまで黙って二人の様子を見ていたもう一人の少年が、レヴァンの前に立つ少年の肩を摑んだ。

「だって、やるせないじゃないか。父上はあんなに憔悴《しょうすい》していたっていうのに……。セド

リックだって同じ気持ちだろう？」

「感情表現の仕方は人それぞれでしょ。兄様だって、このあいだ飼っていた猫が突然何匹も死んだっていうのに、ケロッとしているじゃないか」

不満そうなジェラルドを宥めるように、セドリックは彼の肩をぽんぽんと叩く。するとジェラルドは溜め息を吐き、諦めたようにレヴァンに道を空けた。

話は終わったと判断したレヴァンは、無言でその場を立ち去る。

その背中が見えなくなるまでを瞳で追った後、セドリックはレヴァンが見ていた窓の景色に視線を移した。

つられて同じ方向に目を向けたジェラルドは、そこからカレンの離宮が小さく見えることに気づく。

「……平気なわけではないのか」

ぽつりと呟いたジェラルドは、何かを思いついたように、にやりと笑った。

第一章

豊かな自然に囲まれ、広い土地を有するオスティリア国。農業と酪農《らくのう》が盛んなこの国は、少し街から外れると畑や牧草地が続く。

牧草地のすぐ近くに見える森には昨夜降った雪がうっすらと積もり、美しく雪化粧をしていた。

森を少し分け入ると小さな湖があり、湖底まで見通せるほど澄んだ水がゆらゆらと揺れ、水面は太陽の光を反射してキラキラと輝いている。

その湖岸に腰を下ろして、フィリナは湖をぼんやりと眺めていた。

足もとから冷気が立ち上る寒さの中で白い息を吐き出すと、湖に映った自分も同じように息を吐き出すのに気づき、水面に顔を近づける。

少し大きめの目とふっくらとした頬のせいで年よりも幼く見えてしまう顔が、フィリナはあまり好きではない。もう少し大人っぽい顔にならないかと目尻を引っ張って切れ長にしてみるが、不細工になるだけで子供っぽさは変わらなかった。

小さく溜め息を吐き、服装に視線を移す。

いつもよりフリルを控えめにした緑色のドレスは、ほんの少しだけ大人の気分にさせてくれる。そのことに自信をつけたフィリナは、胸もとのリボンが曲がっていないのを確認してから、ゆるく編みこまれた少し癖のある亜麻色の髪の毛に目を向けた。これも特におかしなところはない。前髪を手で軽く梳《す》いて乱れを直すに留める。その時――。

「フィリナ」

ふいに背後からかけられた声に、フィリナは僅かに肩を揺らした。その低く落ち着いた声音はフィリナの待ち望んだ人のものだ。

「レヴァン！」

満面の笑みを浮かべて振り返ったフィリナは、勢い良く立ち上がり、ドレスの裾を大きく揺らして声の主に駆け寄った。

せっかく整えた髪の毛は乱れてしまっているが、そんなことを忘れるぐらい、会えて嬉しいという気持ちがフィリナを動かす。

駆け寄った勢いのままフィリナはレヴァンの手を取った。彼は、温かなその手ですぐにぎゅっと強く握り返してくれる。それが嬉しくて、でも少し恥ずかしくて、くすぐったいような気分でフィリナは彼を見上げた。

彼は、フィリナをすっぽりと包み込めるほど大きくてたくましい。今日は、簡素な灰色の上衣を、ベルトを使って絞り、細めのトラウザーズと黒いブーツを身に着けていた。背が高く足の長い彼によく似合っている。

「来てくれたのね」

弾んだ声で迎えるフィリナに、レヴァンはゆっくりと頷いた。首に少しかかるくらいの艶やかな黒髪がその動きにつれてさらりと揺れる。すると、長めの前髪がそれと同色の黒い瞳にかかったので、フィリナはその髪を払おうと手を伸ばしかける。しかし、

「冷たい……」

小さな呟きとともに、レヴァンがフィリナの手を自分の両手で包み込み、優しく擦《こす》り始めたので、髪の毛を払うことはあきらめた。

レヴァンの手がいつもより温かく感じる。自分の指先がそれほど冷たいのだと分かった。レヴァンを待っている間に冷え切ってしまったのだろう。けれどレヴァンとこうしていられるのなら寒さなんて気にならない。だから大丈夫だと言いたかったが、何度も何度も

擦ってくれるレヴァンの優しさが嬉しくて言葉を飲み込んだ。

本当は擦るのではなく息を吹きかけたいのだろう。前にフィリナがそうやってレヴァンの手を温めたことがあったから、彼も同じようにしたいのに違いない。けれど、レヴァンにはそれがうまくできない。彼の顔は、いつも飾り気のないのっぺりとした白一色の仮面に覆われているからだ。ただ目と鼻と口に穴が開いているだけのそれは、見る人によって喜怒哀楽のどの表情ともとれる不思議な仮面である。

だからせめて摩擦で熱を分けてくれようとしているレヴァンの優しさに、フィリナの頬が自然とゆるんだ。息でなくても十分だ。フィリナを気遣ってくれているのが分かるから、心も体もじんわりと温かかった。

「大丈夫よ、レヴァン。今日はいつもより暖かいわ」

フィリナに熱を与えたせいで冷えてきた彼の手の甲を擦り返し、フィリナは空を見上げた。つられて顔を上げたレヴァンは、眩しそうに目を細める。

「そうだな。久しぶりに太陽が出た」

大陸の北に位置するこの国は、他の国に比べて一年を通して気温が低い。冬はほとんど毎日が雪の日という空模様で寒いばかりだが、夏は涼しくてどの国よりも過ごしやすい。とはいえ、まだ春にさしかかったばかりのこの頃は、雪が降ったりやんだりの繰り返しで、今日のように日差しが差し込むのは本当に久しぶりのことだった。これから昼にかけてもう少し暖かくなるだろう。

「明日で十六歳だな」

フィリナの手を握ったまま、レヴァンは唐突に言った。

「そうよ。やっと大人の仲間入りができるの」

彼の言うとおり、明日はフィリナの十六回目の誕生日である。

この国では、十六歳を迎えると結婚が認められている。レヴァンと出逢ってからというもの、フィリナはその日を心待ちにしていた。

フィリナの一方的な想いかもしれないが、今こうしてレヴァンは傍にいてくれる。そのことだけでもフィリナの胸はいっぱいになるのだ。

レヴァンがフィリナのことをどう思っているのかは分かりにくい。仮面のせいで彼の感情は読み取りづらいのだ。

鼻は小さな穴が二つ開いているだけだし、口は横にうっすらと隙間がある程度なので、見えるのは、目の部分に幾分か大きめに開いた穴から覗く瞳だけ。しかしその瞳は、幼い頃フィリナが寝る前に毎晩読んでいたお気に入りの絵本の中の王子様と同じ、吸い込まれそうなほどに澄んだ黒い色をしていた。髪の色も背格好も、フィリナが憧れたその王子様にレヴァンはそっくりだった。

最初は確かにそういう部分に惹かれたが、今はそれだけの理由で一緒にいるのではない。仮面が彼の素顔と表情を隠してしまっているとはいえ、彼の瞳はいつもフィリナを優しく見つめてくれているのを知っているからだ。

きっと、少しくらいは気にかけてくれている。——フィリナはそう信じたかった。

水面に反射した光を受けて輝く彼の黒い瞳から、少しでも気持ちを読み取りたくて、フィリナはじっと見つめる。レヴァンは、そんなフィリナの瞳を静かに見つめ返した。

「やっと、だな」

あまりにもまっすぐに見つめ返されて照れくさくなっていた時、レヴァンはぽつりと呟いた。

やっと。それは先程フィリナが使った言葉だ。しかし、なんとなく意味合いが違うように聞こえたのは気のせいだろうか。

問いかけるようにレヴァンを窺うと、彼はすっと目を細めた。

「雪が降ってきたな。こっちへ」

レヴァンはさり気なくフィリナの手を引いて、近くにあった大きな木の下まで歩くように促す。

言われてから、粉雪が舞っているのに気づいた。いつの間に降りだしたのだろう。太陽の光はほのかに射しているのでそのうち止むだろうが、濡れたら体が冷えてしまう。フィリナはレヴァンに手を引かれるまま木の下まで急いだ。

冬でも葉が落ちることのない針葉樹は、二人をかろうじて雪から守ってくれる。

体を寄せ合うようにして木にもたれても繋がれたままの手が嬉しくて、口もとがゆるんでしまうのをなんとか堪えながら、自分の手をすっぽりと覆ってしまうほど大きなレヴァンの手をフィリナはうっとりと見つめた。

彼の長くて綺麗な指は爪もきちんと手入れされていて、剣だこはあるけれど滑らかで温かくて触り心地が良い。フィリナはそんな男らしいレヴァンの手が大好きだった。

「誕生会は夕方から？」

レヴァンがこちらに顔を向けたので、フィリナは慌ててレヴァンを見上げた。

「ええ。おじい様とおばあ様が、親しい友人を呼んで開いてくださるって」

「そうか」

「でもお父様は、おじい様たちが考えるよりももっと盛大なパーティーをしたいみたい。準備にも時間をかけているわ」

「めでたいことだからな」

「違うわ。お父様はすべて自分で段取りをしないと気が済まないだけ。主役の意向なんてお構いなしなんだから」

「そうか」

フィリナが頬を膨らませて怒ると、レヴァンは優しく目を細めた。

レヴァンは寡黙《かもく》だ。発言は端的だし、反応も大きいほうではない。フィリナの話に相槌《あいづち》を打つだけでレヴァンからは何も話さない日も多い。

沈黙が続く日もあるが、フィリナはそれを苦痛に感じたことはなかった。何も話さなくても穏やかに時間は流れて、居心地が良いのだ。今も、こうしてただ雪がやむのを待っているだけでも十分楽しく感じる。

「そういえば、レヴァンと出逢ったのは去年の今頃だったわね」

フィリナはふと当時のことを思い出し、レヴァンの顔を覗き込んで笑った。


昨年の冬。

使用人たちの目を盗み、屋敷を抜け出したフィリナは、街の中心部へ向かった。

公爵令嬢であるフィリナは、外出といえば幼い頃から馬車での移動ばかりで、一人では自由に外へ出ることが許されない身であった。

馬車で通る度に見る、楽しそうに買い物をする人たちや、友人同士でお茶を飲みながら話をしている人たちに憧れを抱き、叶うならば自分も同じことがしたい、そして彼らと直《じか》に話をしてみたいと思っていた。

貴族の娘の多くは、十六歳になると結婚相手が決まり、以降はそれまで以上に行動範囲が制限される。そうなる前に、少しだけで良いから外の世界を知りたかった。

そして十五歳の誕生日に、無理を言って侍女の助けを借りて屋敷を抜け出し、街を歩き回る作戦を決行したというわけだ。

思ったとおり街は刺激的で、目に映るものすべてに興味をひかれた。

行き交う人々は、金色、茶色、赤色、黒色、銀色、とさまざまな髪の色をしている。それだけではない。よく見ると、白い肌の人がいれば、浅黒い人もいるし、黄色がかった肌の人もいた。顔つきも多種多様で、彫りが深い人も浅い人もいた。

服装も、フィリナのようにドレスを着ている人もちらほら見受けられるが、簡素なシャツと踝丈《くるぶしたけ》のスカートを穿いている人のほうが多い。その他にも、ゆったりとしたズボンを穿いている人、薄手の布を纏《つど》う人、頭に布を巻いた人もいる。

ここまでさまざまな人種が集っているのは、約二十年前に即位した今の王が、農業と酪農だけではなく、交易にも力を注ぐべきという政策を打ち出したからだろう。

そのため、国で一番大きなこの街には各国の特産物が集まるようになり、商人の数も大幅に増えたのだ。

人だけではなく、露店の数も、売っている品物の種類も年々増えていく。

凝った細工の陶器が置いてあったり、複雑で精巧な刺繍の入った布があったり、防具や武器が無造作に立てかけてあったりして、見ているだけでも飽きることがない。

今までゆっくり見ることができなかったそれらを物珍しく眺めていたフィリナは、甘い香りに誘われて足を止めた。そこには、山盛りに積まれた果物の箱がいくつも並んでいる。その果物の一つが、祖母がよく焼き菓子に使っているものであるのは分かるのだが、その隣には茶色の実が、更にその隣には大きな葉までが置いてあり、それをどうやって調理するのか分からないフィリナは、うかつに手に取ることもできなかった。

買うことを諦めて再び歩を進めると、ふいにふわりと花の香りがした。振り返ると、色とりどりの花々が狭い空間にずらりと並べられているのが目に入った。小さな花弁が幾重にも折り重なった黄色い花、小さくても存在感のある真紅の花、小花が密集している可愛らしい花、その他にも数え切れないほどの花があった。見たことのない品種が多く、珍しさからフィリナはそれらをじっくりと眺めた。

貴族は、商人を屋敷に呼んで買い物をするのが常識で、フィリナの家もそうだったが、こうして自分で見て回るほうがよほど楽しいし、家でじっとしているよりもずっと有意義だと知った。

けれど、こうして自由に街を歩くことができるのは今日限りだろう。屋敷を抜け出したことを父に気づかれたら、二度と外には出してくれなくなるに違いない。それどころか、十六歳になると同時にすぐに嫁に出されてしまうかもしれない。

だから今日は、今日だけは、たくさん見て触れて、存分に楽しむのだ。

雑貨店、宝石店の品物をじっくりと見た後、目の前で豪快に調理してくれる肉料理の店や、甘いお菓子の香りがする露店を何件か覗いて歩いた。

屋敷の料理人が作るものや、祖母の作った焼き菓子しか口にしたことのないフィリナは、ごろごろと大きめに切られた食材が何種類もの香辛料で味付けされた料理や、小さい子供が泥遊びをしたかのような崩れた形のお菓子を目にし、その初めての見た目と匂いに驚きと感動を覚えた。

いびつな形のお菓子や粗野な盛りつけの料理なのに、屋敷で食べているような一つひとつ同じ形に整えられたお菓子や、綺麗に盛りつけられた料理よりも胃袋を刺激されるのはなぜだろう。

フィリナはどれを食べようか迷い、何度も道を往復する。

周囲は香ばしい匂いが充満していて、それにつられてお腹が鳴ったが、騒がしいこの場所では、はしたないと思う必要がないことに安堵する。

フィリナはおもむろにポケットに入れていた懐中時計を取り出した。数年前に祖父にもらったそれは、蓋に薔薇のレリーフがあしらわれている。繊細な作りのその時計をフィリナはとても気に入っていた。蓋を開けて時間を見ると、ちょうどお昼時だった。

散々悩んだ末、結局、雑貨屋の隣にあったパン屋の、小さくて丸いパンを買って昼食にしようと決めたフィリナは、来た道を戻るために踵を返した。

その時だった。

そのまま進めようとした歩みが、横から伸びてきた手に阻《はば》まれた。

腕を掴まれて一瞬のうちに路地へと引きずり込まれたフィリナは、声を出そうと口を開いたが、大きな手で口もとを覆われて助けを求めることができなくなった。これでは誰も気づいてくれそうにない。

「服も靴も上物《じょうもの》だ」

フィリナを後ろから羽交い絞めにした人物が、しゃがれた声で言った。声からすると中年の男だろう。

その声に応えたのは、フィリナの顔を覗き込んだ鬚面《ひげづら》の男だ。

「しかもべっぴんだ。こりゃあ高く売れるな」

酷薄な笑いを含んだ顔と声に嫌悪を感じながら、フィリナはなんとか逃れようと手足を動かした。

「おい、暴れるな。傷がついたら高く売れなくなるだろ」

「どこのお嬢さんだか知らないが、こんないいもん着て街を歩いてたら攫《さら》ってくれと言ってるも同然だ。知らなかったのか?」

フィリナの抵抗を抑え込みながら、男たちが下卑《げび》た笑い声を漏らす。

このまま売られたら……。そう考えただけで、フィリナの体は恐怖で小さく震え出した。

公爵家の娘として蝶よ花よと育てられたフィリナには売られた先のことは想像もできなかったが、今の生活とはかけ離れた環境に放り込まれるだろうことは分かる。

しかし、逃げたくても体を拘束され、口を塞がれて声も出ない。

嫌な汗が噴き出し、手足が冷えていく。

どうしよう。どうしよう。

なんとかしなくてはいけないのに、その言葉だけが頭の中を巡り、解決策が少しも浮かばない。

こんなことになるなら、屋敷を抜け出さなければ良かった。

後悔しても遅いとは分かっていても、その思いばかりが頭を埋めつくしていく。

屋敷を抜け出さなければ。

一人で街に来なければ。

質素な服に着替えていれば。

後悔は湧き水のように次から次に溢れ出す。

けれど、こうなることを想定できなかった自分が悪いのだと、割り切ることもできなかった。

売られるのは嫌だ。どうにかしてここから逃げ出したい。

……でも、どうやって？

同じ問いだけが何度もぐるぐると頭を回るだけで、結局どうしたらいいのか分からない。

すると、焦《あせ》るフィリナを楽しそうに眺めていた鬚面の男が、綺麗に巻かれたフィリナの茶色の髪をひと房すくった。

「手入れされた髪だな。あんた、どこの令嬢だ？」

問われても、口を塞がれていては答えられない。たとえ口が自由に動いたとしても、恐怖で何も答えられなかっただろう。

それでも、涙を浮かべながらも気丈に男を睨《にら》もうとしたところで、突然、フィリナの髪を弄《もてあそ》んでいた男が視界から消えた。

「ぐああっ！」

叫び声に驚いて視線を落とすと、鬚面の男が地面に伏していた。動かない男の背中からは、大量の血が流れ出している。

何が起きたのか理解できずに、フィリナは目を見開いた。すると、フィリナの体を拘束していた腕がふっと離れた。

「う、うわあぁぁ！」

背後から聞こえる叫び声に反射的に振り返ると、フィリナを羽交い絞めにしていた筋肉質の男が腕を押さえて地面に座り込んでいる姿が目に入った。

その男の後ろには、剣を手にした長身の男が立っている。

「……え？」

フィリナは彼を見つめたまま固まった。

「白……？」

白。咄嗟《とっさ》にそう思った。

正確には、〝黒い髪の人が、黒い服を着て、白い仮面を被っている〟だったのだが、そののっぺりとした白い仮面が印象的で、すぐには理解できなかったのだ。

「あぁ、あ、や、やめてくれ！　殺さないでくれ！　頼む！　殺さないでくれ！」

筋肉質の男は斬られた腕をもう片方の手で押さえながら、ふらふらと立ち上がる。腕からぽたぽたと流れ落ちた血が地面に広がり、フィリナはそれを呆然と見つめていた。

仮面の男は、血を流す男に向かって更に剣を振り上げる。そして何の躊躇《ちゅうちょ》もなく男の首へと振り下ろした。

必死に命乞いをしていた男は、大きく目を見開いたままゆっくりと崩れ落ちていく。

「怪我はないか？」

剣を振り血を払った仮面の男の言葉に、フィリナは反応することができなかった。

血だまりの中で動かない男たち。そして白い不気味な仮面の男。

凄惨な光景を目の当たりにして、思考が止まってしまった。

目を背けたいのに、瞼《まぶた》を落とすことも首を動かすこともできない。今、目の前にあることの現実を受け入れることを心が拒絶していた。

そして結局、何も言えないままその場で気を失ってしまったのだった。

「仮面にも驚いたし、人が斬られるところなんて初めて見たからすごく怖かった」

レヴァンとの衝撃的な出逢いとともに、あの時の凄惨な光景を思い出して、フィリナはぶるりと震えた。

「目の前で斬ってすまなかった」

繋いだ手に思わず力を込めたフィリナに、レヴァンはもう何度目か分からない謝罪の言葉を口にした。

顔を上げると、レヴァンがじっとフィリナを見つめていた。気づくと彼はいつもフィリナを見つめている。その瞳の奥にほのかな熱が宿っている気がするのは、フィリナの願望に過ぎないのだろうか。

自意識過剰な自分を恥じるように、フィリナは視線を落として首を振った。

「……レヴァンは私を助けてくれたのだもの。二対一だったし、あの時はああするしかなかったのよね。悪いのは無防備に外出してしまった私だわ」

それに、失神したフィリナを家に連れ帰ってくれたのもレヴァンなのだ。人攫いから助けてくれた上に家まで運んでくれたのだから、頭を下げるのはこちらのほうだ。

あの後、自分を助けてくれた仮面の男にどうしてもお礼を言いたくて、フィリナは使用人に頼んでレヴァンを探した。けれど、印象的な白い仮面をつけているにもかかわらず情報はなかなか集まらなかった。

簡単に見つかるものだと思っていたフィリナは、待ち続けることに焦りを感じていた。

フィリナが無事に家に帰ることができたのは彼のおかげなのだ。命の恩人である彼に直接感謝の気持ちを伝えたい。その一心で、フィリナは決意した。

彼とは街で会ったのだから、街へ行けば再会できるかもしれない。そう思い、父をなんとか説得して今度はきちんと使用人と一緒に街を回ることにしたのだ。会えなければ街の人に訊いて回るしかないと覚悟をしていた。名前も告げずに去ってしまった彼を探すのは困難だが、どうしても彼に会いたかった。

幸いにも、フィリナはすぐにレヴァンと再会することができた。

街を歩き回って探すと決めたその日、屋敷を出てすぐのところでばったり彼に遭遇したのだ。これを運命と言わずして何と言うのだろう。

レヴァンはフィリナに、危険だからもう街は出歩くなと言った。どうしても外に出たいのならば、ここなら比較的安全だからと、フィリナの屋敷に近い湖を教えてくれたのだった。

そこはとある貴族の私有地らしく、レヴァンの知り合いが管理しているらしい。人が滅多に足を踏み入れないその場所は、空気が澄んでいて静かで、話をするには最適の場所だ。

二人はそこでもう一度会う約束をし、それからも何度も次の約束を交わして、今、こうして一緒にいるのである。

最初は、仮面で表情が見えないことをもどかしく思ったり、彼の無口さに戸惑ったりもした。

けれど、彼がフィリナをまるで宝物のように大切に扱ってくれていることに気づいてからは、徐々に打ち解けていった。そして、彼の優しさに触れる度に惹かれていったのだ。

「そういえば、どうしてあの時私の家が分かったの？　初めて会った時、意識を失った私を家に送ってくれたでしょう？」

拉致《らち》されそうになった事件の後、不思議に思い、次に会ったら訊こうと思って今まで訊きそびれてしまっていた。

仮面から僅かに見える黒い瞳を覗き込むようにレヴァンを見上げると、普段まっすぐフィリナを見つめる彼らしくなく、気まずげに顔を逸らしてしまった。

「それは……」

何かを言おうとして口ごもる。

フィリナはレヴァンを見つめ、彼が話し始めるのをじっと待った。

無表情な仮面のせいで、今彼がどんな表情をしているのかは分からない。けれど繋いだ手が次第に冷えてくるのを感じ、彼が動揺していることが分かった。

「それは……」

再び言葉を発した直後。

木の幹《みき》に体を預けるようにして立っていたレヴァンが、突然、くるりと体を半回転させてフィリナに覆いかぶさった。

「……っ！」

何の前触れもなくいきなりレヴァンの胸もとに視界を塞がれ、フィリナは大きく目を見開く。

同時に、どさりと何かが落ちる音がした。

何事かと視線を上げると、白い仮面が思った以上に近くにあり、びくりと体が震えた。

心臓が壊れてしまいそうなほどに鼓動が激しくなり、顔に血液が集中する。

そのたくましくて大きな体躯に、彼が男性であることをいやでも意識させられる。腕も胸板も腰もしっかりと筋肉がついているので、押さえ込まれたら解くことは難しいだろう。

そう考えたら、突如胸が苦しくなった。

けれどすぐに、彼の黒い髪の毛が白く染まっているのに気づき、不埒《ふらち》なことを考えていた自分を恥じた。レヴァンは枝から落ちてきた雪から守ってくれただけだったのだ。

フィリナは雪を払おうとレヴァンの髪の毛に手を伸ばすが、慌てていたために小指を仮面のふちに引っ掛けてしまった。

「あ……っ！」

仮面がずれて、レヴァンの口もとがあらわになる。

薄めで形の良い唇が僅かに開き、彼が息をのむのが分かった。

「ごめんなさい！」

フィリナは急いで仮面を元の位置に戻す。そして恐る恐るレヴァンの反応を窺った。

二人が出逢って間もなく、なぜ仮面をつけているのかと訊いた時に彼は言ったのだ。

『人前で仮面を取れない。そういう決まりなんだ』

と。

なぜそういう決まりがあるのか、フィリナは知らない。しかし絶対に守らなければいけないことなのだと言われてしまっては、それ以上何も訊けなかった。

取ってしまうと何かがあるのだと想像できるから、素顔を見せてなどとは言えないし、無理に見ようとも思わなかった。

だから、口もとだけとはいえ、彼の素顔の一部を見てしまったことは一大事である。

「ちょっとだけ……見ちゃった」

素直に告白すると、レヴァンは小さく頷いてフィリナから一歩離れ、頭にのったままの雪を手で払った。

「いいんだ。どうせ明日になれば……」

「明日？」

「…いや」

何かを告げようとしたレヴァンだったが、思い直したようにゆるりと首を振った。

フィリナは怪訝に思いながらも、レヴァンの髪の毛を拭くハンカチを取り出そうとポケットに手を入れる。すると、腰部分にある小さなそのポケットから、ハンカチと一緒に入れていた懐中時計が落ちてしまった。祖父にもらったその懐中時計をフィリナは大事にしていた。それを携帯するために、フィリナの着るドレスにはすべてスカート部分にポケットを作ってもらっているほどだ。

前にそのことをレヴァンには話したことがある。それを覚えてくれていたのだろう。レヴァンは素早く屈んで懐中時計を拾い、フィリナに手渡してくれる。

「ありがとう」

微笑むフィリナに頷くと、レヴァンはほんの少しだけ体を前に倒し、フィリナの瞳を間近から見つめた。

「明日また、ここで会えるか？」

フィリナも明日レヴァンと会いたいと思っていた。だからすぐに頷く。

「ええ。パーティーが始まる前に会いましょう」

本当ならレヴァンにもパーティーに参加してもらいたかった。けれど彼は、人の多いところがあまり好きではないそうで、パーティーの類にも一切出席したことがないらしい。

そんなレヴァンに、無理をしてでも来て欲しいなんてわがままは言えなかった。

でも、レヴァンは会おうと言ってくれた。明日は会えないと思っていたので、思わぬ幸運に胸が躍《おど》った。

「じゃあ、また明日会おう。送るよ」

明日の準備があるだろうから、と気遣ってくれたレヴァンは、フィリナの手を取って歩き出した。

雪はいつの間にかやんでいたようだ。暖かな日差しが心地良い。けれど、心は寂しさでいっぱいだった。

会っている間は心が満たされているのに、別れる時間が近づくと胸に少しずつ重石が溜まっていくようだ。

そんな沈んだ気持ちを吹き飛ばしたくて、フィリナは明るい声を出す。

「明日は、パーティー用のドレスを着て来るわ。レヴァンに見てもらいたいの」

「ああ。楽しみにしている」

レヴァンの眼差しが優しい。

レヴァンを好きだと言っても、この瞳は優しいままだろうか。それとも困ったように伏せられてしまうのだろうか。と、ふと考える。

告白をすることを想像すると、期待と同じくらい恐怖を感じる。

レヴァンと一緒にいたい。けれど、会う度に大きくなる想いは、苦しさを伴うようになってしまった。

この気持ちをどうしたらいいのか、経験のないフィリナには分からない。

繋いだ手から気持ちが伝わればいいのに。

そう思った時、レヴァンがぐいっとフィリナの手を引いた。強い力で斜め後ろに引かれ、フィリナの体はレヴァンの背中にぶつかる。

「レヴァン……？」

いったいどうしたのかとフィリナが顔を上げると同時に、

「こんなところで何をしているんだ？」

ゆったりとした口調だが、はりのある声がその場の空気を裂いた。

聞きなれぬその声は、答えを待つこともせずに続けて言う。

「君が最近よく王宮を抜け出すということは聞いていたけど、こんなところに来ていたのか」

王宮?

フィリナは疑問に思いながらも、レヴァンの背中から顔を出し、声のするほうに目を向けた。

先程よりも強くなった日差しに照らされ輝きを増す湖面を背にして、優雅な動作でこちらに向かって歩いて来たのは、金糸で施された大輪の花の刺繍が煌びやかな上着を羽織り、シルクのリボンを胸もとに靡《なび》かせる優雅な男だった。その両脇に、騎士の格好をした男が二人ついている。左側の男は極端に背が高く、右側の男は極端に背が低い。なんともでこぼこな二人である。

真ん中の豪奢《ごうしゃ》な服装の男をフィリナは知っていた。建国祭で王が国民の前に姿を現す時に必ずその隣にいる、第一王子のジェラルドだ。柔らかそうな金色の髪に、少し垂れた碧の瞳が印象的な彼は、王族の中でも人前に姿を現すことが多く、艶やかと評されるその端麗な容姿もあって、多くの女性たちが彼に憧れを抱いているらしい。

彼はフィリナたちから少しだけ離れた場所で足を止める。王子と臣民《しんみん》との距離としては近過ぎるくらいだ。それが、普段王子が人と話す時の距離なのかは分からなかったので、フィリナはその場から動くことができなかった。

「たまには息抜きでもしようとここに来たのだけど、まさか君がいるとはね」

ジェラルドは微笑みを浮かべてレヴァンを見た。しかしレヴァンは何も答えることなく、フィリナと繋いでいた手をそっと離す。そしてその手を胸に当てて軽く腰を折り、上位者に対する礼をとった。なんともおざなりで形だけの礼にも見えたが、ジェラルドは気にしていないようなので、もしかしたら彼はいつもそうなのかもしれない。フィリナも慌ててレヴァンにならい、失礼にならないようにドレスをつまんで腰を折ろうとしたが、その手に先程レヴァンの髪の毛を拭いたハンカチを持ったままだと気づき、慌ててポケットにしまう。そして改めて上位者に対する礼の姿勢をとった。

「君は確か、ミュルダール公爵家のご令嬢だね」

レヴァンからフィリナに視線を移したジェラルドは、さっと大きく腕を広げてフィリナを指し示し、その端正な顔に優しげな微笑を浮かべた。その大仰な動きのせいか、彼からふわりと甘い香りが漂ってきた気がして一瞬気を取られたが、そのままの姿勢で答える。

「はい。フィリナと申します」

ジェラルドは小さく頷くと、頭を上げるよう言った。そのとおりにすると、彼はちらりとレヴァンに視線を向けたが、すぐにフィリナに戻し、僅かに頭を傾ける。

「フィリナ嬢は、彼が王宮から抜け出して来ているのを知らないのかな?」

「……はい」

そんなことは知らない。レヴァンからは何も聞いていない。けれどそれは、フィリナが訊かなかったからだ。

そっとレヴァンを窺いながらフィリナが小さく頷くと、ジェラルドはレヴァンを見つめて少しだけ考える素振りを見せた。けれどそれもほんの少しの間だけで、フィリナに伝えても特に問題ないと判断したのか、彼は軽い口調で続けた。

「彼は王宮で働いているんだよ」

ジェラルドの言葉を聞いてフィリナは息をのみ、思わずレヴァンの上着の袖を摑んでしまった。

レヴァンは、街で見かける人たちが着ているような、ボタンのついた上衣に細身のトラウザーズという簡素な服を着ているが、ちょっとした仕草が洗練されていると以前から思っていた。フィリナを助けてくれた時も、流れるような動きで男たちを斬っていたので、剣を扱う職業なのだろうかと推測していたが、まさか王宮で働いているとは思わなかった。けれど、彼が騎士なのだとしたらあの動きも納得である。きっと貴族出身の騎士なのだろう。

けれど話題の中心であるレヴァンは、どこを見ているのか、微動だにしない。

そんなレヴァンに、仕方がないな…という視線を向けたジェラルドは、歩を進めて距離を縮めてきた。

「きちんと仕事を終わらせてから抜け出すようだから責めはしないけど、あまり目立った行動はしないほうがいい。王が知ったら君は叱られてしまうよ」

諭《さと》すように言って、ジェラルドはレヴァンの肩に手を置こうとしたが、その手がレヴァンの体に触れることはなかった。レヴァンが素早く体をずらし、フィリナの側へ一歩退《しりぞ》いたからだ。

そんなことをしたら、不敬罪に問われてしまうのではないか……とフィリナは焦ってジェラルドを窺った。しかしジェラルドに怒った様子はなく、小さく苦笑しただけだった。

「君は昔から人に触れられるのが嫌いだね」

ジェラルドは宙に浮いた手を引いた。そして安堵の息を吐いたフィリナに微笑みを向け、ゆったりとした足取りで去って行く。

だが、しばらく行ったところでふと、こちらを振り返った。

「そうだ。フィリナ嬢、公爵令嬢が供もつけずにこのようなところで逢い引きとは感心しないな」

整った顔に華のような笑みを浮かべたジェラルドは、そこで一旦言葉を切り、レヴァンへと視線を移して言葉を続ける。

「何かあったら大変だからね」

最後にまたフィリナを見て微笑んでから軽く手を上げ、ジェラルドは今度は振り返ることなく去って行く。

小さくなる三人の背中を見ながら、フィリナはほっと息を吐き出した。

安堵と同時に、レヴァンの服を掴んだままだったことに気づく。それを慌てて放したフィリナは、突然の王子の登場にひどく緊張していたのだと今更ながら自覚した。

初めて間近で見た第一王子は、そこにいるだけで衆目を集めるであろう存在感のある人だった。背が高く顔も整っているため、女性たちが黄色い声を上げて騒ぐのも分かる気がする。

けれどフィリナは、ジェラルドに魅力を感じることはなかった。一緒にいてドキドキするのは、いつも包み込むような優しい眼差しでフィリナを見つめてくれるレヴァンにだけだ。

「レヴァン……」

先程ジェラルドが言っていた言葉が気になって、フィリナは横にいるレヴァンを見上げる。

「王宮で働いているの？」

この話題に触れていいのか一瞬迷ったが、思い切ってそう尋ねてみた。人伝《ひとづて》ではなく本人の口から直接聞きたかったのだ。

レヴァンは顔を前に向けたままこちらを見ない。そんな態度に不安を覚え始めた時、彼はぎこちなく頷いた。しかし頷いただけで何も言わない。

視線を合わせないということは、それ以上詮索《せんさく》されたくないということだろうと思った。訊きたい。けれどレヴァンが言いたくないのなら訊かないでおこう。そう決めたフィリナは、違う話題を持ちかけることにする。

「第一王子って噂とは違うのね」

「噂？」

ジェラルドが来てから口を閉ざしてしまっていたレヴァンが、そう言ってフィリナを見た。やっと目が合ったことにホッとしながら、フィリナは使用人に聞いた噂を話す。

「ええ。王宮を出入りする商人たちの噂だけどね。ほら、この国には王子が三人いるでしょう？」

「ああ」

「第一王子のジェラルド殿下は、王族らしく煌びやかで誰にでも優しい人なんですって。でもちょっといじわるに感じたわ。第二王子のセドリック殿下は、病弱であまりお目にかかれないのが残念だって。第三王子のマヴロス殿下が一番謎で、自室にこもっていることが多くてあまり姿を現さないんですって」

そこまで言ってから、フィリナは視線を泳がせた。そして窺うようにちらりとレヴァンを見る。

第一王子であるジェラルドがレヴァンのことを知っていたのだ。レヴァンが他の王子たちとも面識があるのではと考えるのはおかしなことではないだろう。

「レヴァンは、王子たちと面識があるの？」

「……ああ」

やや間を置いた返答だったが、レヴァンは瞳を逸らしていない。ということは、もっと訊いてもよいのではないか。そう思ったフィリナは、気になったことを問いかける。

「他の王子たちは？　噂とは違うの？」

するとレヴァンは、少しだけ考えた素振りを見せた後、こう言った。

「違う、と思う。特に第二王子は、最近体調を崩しただけで病弱なわけじゃない」

「ふうん。そうなの……」

やはり噂は噂。自分で確認しないと本当のことは分からないということか。

「気になるのか？」

低い声でぽつりとレヴァンが言ったので、フィリナは、え？　と顔を上げた。

しかし彼と目が合った瞬間、びくりと体が震え、動きが止まってしまう。

レヴァンの瞳が、深い水底のような静かな闇色に見えたのだ。けれどそれは一瞬のことで、すぐに視線が逸らされ見えなくなってしまった。少し気にかかったが、きっと見間違いだったのだろうと思い直す。

「あの男が気になるのか？」

「いいえ、全然」

淡々と繰り返すレヴァンに、今度は間を置かずに答えた。

フィリナが気になるのは、ジェラルドではなくレヴァンだ。レヴァンの城での立場を知りたかったから王子たちのことを訊いただけで、他意はなかったのだが、そんなフィリナの気持ちが煩《わずら》わしかったのだろうか。

「そうか」

短く頷くレヴァンはいつもどおりで、変わった様子はない。やはり先程の視線は気のせいだったのだ。

目を合わせたレヴァンの瞳が見慣れた優しいそれであることを確認すると、フィリナはそう結論づける。

やはり彼の柔和な眼差しが好きだと、フィリナは改めて思った。


フィリナの誕生日当日。

夕方から始まるパーティーに備え、フィリナは普段は滅多に着ない胸もとの大きく開いたドレスに身を包んでいた。いつもよりもきつく締め上げられたコルセットが苦しいが、その分、胸が強調されて腰が細く見える。

肘から手に向かって広がる袖とスカートの裾にはたくさんのレースやフリルがついている。足もとにゆくほどボリュームのある作りになっている濃い桃色のドレスは、背中の腰の部分から垂れ下がっている花飾りが特に可愛いと思う。

ドレスに合わせて化粧も念入りに施されたが、これについては少し気が滅入った。普段化粧をしないので、肌が息苦しいような気がする。睫《まつげ》も重いし、唇にも違和感があった。

毎日化粧をする大人の女性はいつもこの違和感に耐えているのだろうか。それとも、だんだん気にならなくなっていくのだろうか。

……大人って大変ね。

フィリナは溜め息を吐きながら、全身が映る鏡の前に立つ。

見ると、そこには普段よりも大人っぽい自分がいた。

頭上に向かって複雑に編まれバランスよく毛先を散らされた髪の毛は、どう頑張っても自分で解くことはできないだろう。耳の上につけられているドレスとお揃いの花飾りだけは、なんとか取ることができそうではあるが……。

とはいえ、こんなに丁寧に飾り立てられたのは初めてなので新鮮でもある。

「これならレヴァンと並んでも釣り合うわよね……」

くるりと回って全身を再確認してから、フィリナは小さく頷く。同時に、早くレヴァンに見てもらいたいという気持ちが大きく膨れ上がった。

逸る気持ちを抑え、テーブルに置いていた懐中時計を手に取り覗き込む。蓋に祖母の好きな薔薇の花のレリーフがついた銀色のそれは、約束の時間にはまだ早い時刻を示していた。準備は終わってすることもないので、紅茶でも飲んで気持ちを落ち着けることにする。

使用人にお茶の用意を頼もうと、フィリナは呼び鈴に手を伸ばした。しかしそれを鳴らす前に、短いノックの音が部屋に響く。

「姉様、用意はできましたか」

入室の許可をする間もなく扉が開かれ、そこから顔を出したのは弟のエリクだった。

まだ成長途中の彼は、胸もとに大きなリボンのついた夜会服を着ていた。膝丈の上着は、襟と裾に太い線が入っていて、腰部分は軽く絞ってある。フィリナと同じ亜麻色の髪の毛を横に流しているのは、父親の真似をしているのだろうか。

フィリナよりも背が低い彼は、精一杯胸を張って自分を大きく見せようとしていた。まだ十二歳だというのに誰よりも男らしくあろうと背伸びをしている弟を、フィリナはとても可愛いと思っている。

「ええ、できたわよ」

弟の矜持《きょうじ》を守るために真正面に立つことはせず、少し離れた場所まで近づいてからフィリナは足を止めた。

エリクの後ろから、正装をした祖父母が入って来た。結婚してから長い年月が経っているにもかかわらず、片時も離れていたくないとでも言うようにいつも一緒にいる二人は、フィリナを見ると揃ってふわりと微笑んだ。

「フィリナ、とても綺麗よ」

裾に控えめなレースが縫いつけてあるだけの紺色のドレスを着た祖母が、大きく手を広げてフィリナを抱き締めた。

年を重ねた分だけ皺《しわ》は目立つが、シンプルなドレスもしっとりと着こなすディアーナは凛とした美しさを持つ自慢の祖母だ。

「フィリナももう十六歳か……。早いものだな」

目もとをゆるめて孫と妻を見つめながら、白髪交じりの顎鬚《あごひげ》を撫でたショーンは、感慨深げに吐息を零した。

「そうよ。私もやっと大人の仲間入りをしたの」

結婚もできるのよ。とフィリナは明るく笑う。すると、エリクはフィリナの顔をじろじろと眺めて眉を顰めた。

「そういえば、いつもと顔が違いますね。でもそれだけで大人のつもりですか？」

化粧のことを言っているのだろう。素直ではない弟に、フィリナは唇を尖らせる。

「エリクはいつも一言多いのよ。素直に褒めてちょうだい」

「いくら外見を飾り立てても中身が変わっていないじゃないですか。姉様が本物の大人になるには、あと何年かかるんでしょうね」

生意気なことを言ってぷいっとそっぽを向いてしまったエリクに、フィリナはもう大人だと反論しようと口を開く。すると、ディアーナがフィリナの耳に顔を寄せ、

「エリクは、フィリナがすぐにでもお嫁に行ってしまうのではないかと心配しているのよ」

内緒話をするように声をひそめて言った。

そう言われてしまっては口を噤むしかない。自分はエリクの姉なのだ。彼の心配も分かる。

公爵家の長男であるエリクは、跡継ぎとして厳しく躾《しつけ》けられている。礼儀作法や歴史、政治の他にもさまざまな勉強をしている彼には、あまり自由な時間はない。けれどたまに暇ができることもあり、その時は彼を連れ出して一緒に散歩をしたり、サロンでお茶を飲みながらボードゲームをしていた。

勉強をするようになってから、エリクはあまり笑わなくなってしまった。だから、フィリナと遊んでいる時くらいは思い切り笑わせて、子供でいさせてあげたいのだ。

そんなフィリナの気持ちが分かっているのだろう。父母には従順なエリクはフィリナには言いたい放題である。

祖父母はここから少し離れた場所にある、自然に囲まれた別宅で隠居生活を送っているので、この家の中でエリクが自然体でいられるのはフィリナの前だけだった。だから、フィリナがいなくなると考えて寂しくなっているのだろう。

「イーサンも、会場の確認より先にフィリナに会いに来ればいいのになぁ。綺麗な娘を一番に見たいと思うのが父親だろうに」

ショーンはフィリナの頬を軽く撫《な》で、今日の主役である娘の様子を見に来ない自分の息子の不甲斐なさを嘆いた。

「準備で忙しいんだって。お母様を連れてどこかに行っちゃったよ。お父様はいつも仕事ばかりで、僕たちのことになんて関心がないんだ」

エリクが不満げに父を非難すると、ショーンとディアーナは眉尻を下げて目を合わせた。

室内に重い空気が漂う。フィリナはうまい言葉が見つからず父を擁護することができなかったので、雰囲気だけでも明るくしようと手を打った。

「そうだわ、エリク。パーティーでバイオリンを弾いてくれない？」

バイオリンは彼が一番得意な楽器なので、きっと素晴らしい演奏をしてくれるだろう。それに、パーティーの時間まで演奏の練習をしていれば、他のことに気をとられる暇がなくて良いのではないかと思ったのだ。

フィリナの突然の提案に、エリクは眉を顰めた。

「パーティーまでそんなに時間がありませんよ。いきなりそんなことを言われても……」

「でも、エリクならできるでしょう？　私、エリクの演奏が聴きたいわ」

エリクはフィリナのお願いに弱い。いろいろ文句を言いつつも、いつも最後には聞いてくれるのだ。

「仕方がありませんね。すぐに練習をしないと…」

渋々といった様子で了承するエリクを笑顔で見つめていたディアーナが、両手を胸の前で組み、

「それなら、私もピアノで参加しようかしら」

と少女のようにはしゃいで見せた。するとショーンも、それはいい！　と手を叩いて喜び、自分もフルートで参加すると言い出した。そして、エリクとディアーナの肩を抱く。

「それじゃ、私たちはこれから練習をするから。また後でな、フィリナ」

そう言って三人が楽しそうに部屋を出て行くのをフィリナは笑顔で見送った。

祖父母は、エリクの気分を浮上させようとしたフィリナの気持ちを汲み取ってくれたのだ。常に思いやりを忘れないことが大事だとフィリナに教えてくれた祖父母は、他人を気遣うことはもちろん、長年連れ添ったお互いにもそれが必要不可欠であると、言葉だけではなく態度でも示している。フィリナは、そんな祖父母を尊敬しているし、この先結婚した時は彼らのような夫婦になるのが夢だった。

できればレヴァンと、そんな夫婦になれればいい。

彼と歩む未来を想像してうっとりとしていたフィリナだったが、レヴァンとの約束の時間が近づいていることに気づき、慌てて身を翻す。

クローゼットからショールを取り出すと、いつものようにこっそりと屋敷を抜け出して湖畔《こはん》へと向かった。

遅れないようにと走って来たため、約束の時間よりも少し早く着いたらしい。湖にはまだレヴァンの姿はない。

フィリナは昨日と同じように湖面を見下ろして自分の姿を確認する。

家でも念入りに鏡を見ているのだが、ここに来るまでに乱れてしまったのではないかと心配になるのだ。

底まで見通せるほどに澄んだ水面に、胸が強調された華やかなドレス姿の自分が映し出され、フィリナは頬をゆるめる。普段は襟元が詰まったドレスばかり着ていたので、こんなに肌を露出するのは初めてだ。

今日で十六歳になったのだとやっと実感がわいてきた。

大人へとまた一歩近づくことができて嬉しい。

レヴァンは今年で二十歳になったと言っていた。四つの年の差は縮めることはできないけれど、レヴァンとお似合いだと言われるぐらい、誰からも認められる大人の女性にならなければと思っている。そのために、淑女《しゅくじょ》らしくあろうと日々努力をしているのである。

早くこの姿を見てもらいたい。レヴァンがどんな反応をするのか不安ではあるけれど、楽しみだと言っていたから、きっと褒めてくれるはずだ。

そして——

好きだ、と。そう言って欲しい。

そう願うのは図々しいだろうか。

「レヴァン、早く来ないかしら」

待ちきれなくなったフィリナは、湖の入り口までレヴァンを迎えに行こうと思い立った。

今日が特別な日だから、浮かれているようだ。いつものように穏やかな気持ちでレヴァンを待っていることができなかった。

フィリナは湖に背を向け、小走りで森へと進んだ。レヴァンが来る方向は分かっているので、小道を抜けて近道をしようと思ったのだ。

しかし、少し進んだところで視界の端に赤い物体を捉え、フィリナは慌てて足を止める。

木々の間からちらりと見えたそれは、人のように思えた。レヴァンはいつも落ち着いた色合いの服を着ているから、彼ではないと思うが、もしかしたら、フィリナに合わせて正装をしてきてくれたのかもしれない。そう思うと、彼ではないとも言い切れない。

フィリナは、その人影がレヴァンかどうかを確かめるために、足音を忍ばせてそっと近づいた。

　けれど、顔が確認できる場所まで近づいたフィリナは、すぐに踵を返したくなった。

　こちらに背を向けている赤い服の人物は金髪で、つい昨日会った第一王子と背格好が似ていたのだ。その隣には、なぜか屈んで土を掘っている、騎士服を着たでこぼこな二人がいる。

　やはりあれは第一王子のジェラルドだ。

　そう確信すると、フィリナは立ち去るために彼らに背を向けた。なぜ彼らがここにいるかは分からないが、関わらなくて済むなら関わらないほうがいいと思った。しかし、

「誰だ？」

　音を立てないように一歩進んだところで、背後から鋭い声がして、フィリナはびくりと足を止めた。

　見つかってしまったらしい。小さく溜め息を吐くと、フィリナは思い切って振り返った。

「おや。フィリナ嬢じゃないか」

　フィリナと目が合うと、ジェラルドはにこやかに両手を広げた。

　真正面からジェラルドを見て初めて気づいたが、なぜか彼は正装をしていた。正装は正装でも布地は赤で、しかも襟元や裾には繊細な刺繍が施され、小さな宝石がたくさん散りばめられている。眩しいほどの派手な衣装だ。

王宮主宰のパーティーに出席しているような貴族の娘たちなら、整った顔に妙に調和したジェラルドの派手な服装に憧れの眼差しを向けるのだろうが、あまり華やかな場に参加することのないフィリナには、残念ながらその良さを理解することができなかった。

フィリナはジェラルドに近づき、淑女らしく礼をする。

すると彼は、爽やかに微笑んだ。

「先日は二人の邪魔をして申し訳なかったね」

いえ……とフィリナは短く答えた。他に何と言っていいのか分からなかった。

ジェラルドの声はよく通り、するりと耳に入る。仮面で遮られくぐもったレヴァンの声とは対照的だ。

悠々と近づいて来た彼がフィリナの隣に並ぶと、微かな香りがフィリナの鼻孔をくすぐった。昨日と同じく彼からはやはり甘い香りがする。香水だろうか。

ジェラルドはさり気なく鼻をひくつかせたフィリナに気づくことなく、自分の着ている服を手で示した。

「もう少ししたら、君の誕生パーティーに向かおうと思っていたんだ」

ジェラルドを招待したなんて聞いていないが、父が招待状を送ったのかもしれない。

今以上の権力を欲し、常に高みを目指して行動しているような父だ。王子に取り入ろうと考え、ジェラルドを招待したとしてもおかしくはない。

第一王子であるジェラルドは、現在王位継承権第一位だ。時期国王は彼にと望んでいる国民も多い。父もジェラルド派だと考えて良いだろう。

フィリナは父の強欲さに僅かに眉を寄せたが、それを悟らせないように瞬時ににっこりと笑みをつくった。

「そうだったのですか。お越しいただき、ありがとうございます」

「早めに着くと皆に気を使わせてしまうから、ここで用事を済ませてから行こうと思ってね」

なぜ昨日会ったばかりのジェラルドがフィリナの誕生パーティーに出席する気になったのか訝しく思ったが、フィリナは笑顔のまま感謝の意を伝える。

フィリナたちが会話をしている間も、二人の騎士は土を掘る作業を進めていた。彼らの脇には布に巻かれた大きな物体が置かれている。思わず首を伸ばして覗き込むと、ところどころ毛が抜け、いくつもの赤い斑点ができた、動物のものらしき肌が見えた。

フィリナの視線に気づいたのだろう、ジェラルドが大仰に首を振る。

「どうやらよくないものを食べてしまったらしくて、飼っていた動物たちが死んでしまったんだ」

「まあ。それはお気の毒に……」

「とても悲しいよ。だからせめて、綺麗な場所に埋めてあげたくてね」

用事とはこのことなのだろうとフィリナは理解する。

フィリナも昔、祖父母が飼っていた猫を可愛がっていた。甘えん坊で食欲旺盛だが、随分と年老いていたその猫が息を引き取った時は、悲しくて悲しくて、ご飯も喉を通らなかった。ジェラルドもきっと同じ気持ちなのだろう。

「私もお手伝いしますわ」

胸が締めつけられるような気持ちがよみがえり、フィリナは布に手を伸ばす。穏やかに眠りにつけるように、フィリナも弔《とむら》ってあげたかったのだ。

しかし、フィリナが布に手をかけて開こうとすると、ジェラルドがその手を掴んで止めた。

「駄目だよ、フィリナ嬢。綺麗な手が汚れてしまう。それにこれは彼らの仕事なんだ」

だから彼らに任せればいい、と言うと、ジェラルドはフィリナの手を放す。フィリナはジェラルドの言葉に素直に頷き、手を組んで動物たちに祈りをささげた。

騎士たちは穴を掘り終えると、二人がかりで布を持ち上げた。いったい何頭の動物が死んでしまったのだろうか。彼らはひどく重そうに死骸を穴の中に放り込んだ。

その時、その布の中からふわりと甘い香りが漂ってきた。ジェラルドから匂う香りと似ている気がする。

フィリナは、動物たちが土に埋められるのをじっと見つめるジェラルドを見上げた。

その視線に気づいたジェラルドは、突然何を思ったのか、

「湖が見たいな」

と、ぽつりと零した。そして湖畔へ行こうとフィリナを促す。断ることもできずに、フィリナはジェラルドとともに湖に戻った。

何を話したらいいのか、フィリナが悩みながら湖面を眺めていると、突然、指先まで気を使った優雅な動きで、ジェラルドがするりとフィリナの手を取った。

「悲しい気分だったけれど、君に会えて心が軽くなったよ。ありがとう」

そう言って、ジェラルドは手を持ち上げて指先に唇を落とし、上目遣いでフィリナの顔を覗き込んだ。

甘い表情とはこういう表情のことを言うのだろうか。ジェラルドは愛しい人でも見るような瞳でフィリナを見つめる。

王子とはいえ、会って間もない男性に手を取られているという状況にフィリナは戸惑った。顔が強張ってしまいそうになるのをなんとか堪え、ジェラルドの潤んだ瞳を静かに見

つめ返す。

笑顔を崩さないフィリナに気を良くしたのか、ジェラルドはフィリナの手を軽く握って微笑んだ。

「実は、昨日から君のことが頭から離れなくてね。一目惚れしてしまったんだと、今やっと分かったよ」

この言葉には、さすがに笑顔を崩された。

一目惚れ？　ジェラルド殿下が私に？

フィリナは言葉を疑った。彼の周りには美しい女性がたくさんいるはずだ。より取り見取りの彼が、特別な美人でもないフィリナに一目惚れをしただなんて考えにくい。

だからすぐに、

「冗談だよ。本気にした？」

そう言って笑ってくれると思った。

けれどジェラルドは、真摯な眼差しでじっとフィリナを見つめたまま動かない。

その視線に耐えられず、フィリナはじりじりと体を離す。しかしジェラルドは一瞬でその距離を詰めてくる。

レヴァン以外の人間に手を握られていることも苦痛なのに、これ以上距離を縮められた

ら頬が引き攣《つ》ってしまうだろう。

　フィリナは失礼にならないように気をつけながら、ジェラルドに掴まれている手をさりげなく解き、大きく後ろに下がった。

「ご、ご冗談を、ジェラルド殿下。それに、私には他に好きな方がいるのです」

　王子の告白に応えなければ不敬になるのかもしれない。けれどそれでも、フィリナは深々と腰を折って丁寧に断ることしかできない。どうしてもジェラルドの気持ちには応えられないからだ。冗談で済むうちに、お断りするしかない。

「昨日一緒にいた彼かい？」

　今度はフィリナを追うことはせず、ジェラルドは柔らかな笑みを浮かべて小さく首を傾げた。

　昨日の時点で一目瞭然だったはずだ。フィリナは素直に頷き、自分の想いを口にする。

「はい。私はレヴァンを……あの方をお慕いしております」

「……レヴァン、ね。君は彼をそう呼んでいるわけだ」

　少しの沈黙の後、彼はなぜかとても驚いたように目を見開いた。しかしすぐにその表情を消し、フィリナから視線を逸らして天を仰ぐ。

　そのまままきつく目を瞑って黙り込んでしまったジェラルドだったが、しばらくすると今度は湖に視線を移し、まるで心を落ち着けるかのように、ゆるく波立つ水面を見つめた。

そして、硬い声で切り出す。

「フィリナ嬢、僕は君のために言うけどね、彼はやめておいたほうがいい」

「……なぜですか？」

眉根を寄せたジェラルドの横顔から、彼が何か深刻な話をしようとしているのが伝わってきた。

フィリナはじっとジェラルドの言葉を待つ。

すると彼はゆっくりとこちらへ顔を向け、気の毒そうに眉尻を下げてフィリナを見つめた。

「君の言う〝レヴァン〟という男は、僕の弟……この国の第三王子だ」

想像もしていなかった言葉に、フィリナの頭の中は真っ白になった。

「……第三王子……？」

口が勝手にジェラルドの言葉を繰り返したが、何を言われているのか咄嗟に理解できなかった。

レヴァンが、第三王子？

今、そう言ったの？

嘘。だって、レヴァンは王宮で働いている騎士で……。

違う。それは私が勝手に思い込んでいただけで、彼は自分のことはほとんど話さなかった。いつもフィリナが一方的に話してばかりだったから、切り出すことができなかったのかもしれない。

それじゃあ、本当に……？

フィリナはいつの間にか震え始めていた唇を指で押さえた。

自分の言葉がフィリナの脳内に浸透したことを悟ったジェラルドは、再びフィリナに近づくと、肩にそっと手を置いた。

「それに彼は、王族の中では複雑な立場にある王子だ。一緒にいると君まで悪く言われてしまうよ」

「それは……どういうことですか？」

レヴァンのことを悪く言われて、フィリナは思わず眉間に皺を寄せる。そんなフィリナを見てジェラルドは目を細めた。

「第三王子がマヴロスと呼ばれていることは知っているね？」

フィリナの質問には答えずに、ジェラルドは突然そんなことを言い出した。

フィリナは戸惑いながらも頷く。

「はい。お名前だけは存じ上げております」

オスティリア国は、約二十年前までは他国と土地の奪い合いをしていたが、今の王が即位してからはそれもなくなり、交易にも力を注ぐようになって国は豊かになった。そのため、収穫祭や、年に一度の国をあげての祭典などは盛大に行われるようになり、それに王族も参加する。

そんな時はいつも、王と一緒に第一王子のジェラルドと第二王子のセドリックが公の場に登場していた。男らしく整った顔立ちの王とよく似た二人の王子は、容姿もさることながら、驕《おご》った態度は一切見せない紳士的な振る舞いが女性たちの心を摑んで離さない。

その二人の王子は、フィリナも祭典で見たことがあった。けれど、第三王子のマヴロスは一度としてそういう場に姿を現したことはなかった。だから国民のほとんどは名前しか知らないはずだ。

「レヴァンというのは彼の真名だ。王族には一般的に使われる名前と真名があってね。よほど親しい相手にしか真名を教えることはないんだよ」

真名と言われても、それがどんなに大事なものかはぴんとこない。

「そうなのですか…」

「僕の知っている限り、マヴロスの真名は彼の母にしか呼ばせていない。なのに、君はそう呼んでいる」

ジェラルドは、君は特別なんだね、と続けたが、レヴァンが初めにそう名乗ったのでそのとおりに呼んでいるだけで、フィリナは特別だという意識を持っていない。

……レヴァンはなぜフィリナにそんな大切な名前を教えてくれたのだろう。

彼の名前を知ったのは、名も知らぬ彼を探しに行き、偶然にも再会できた時だ。お礼を言って名前を訊ねたフィリナに、彼は『レヴァン』と名乗った。だからフィリナは何の疑いもなく彼のことをそう呼んでいる。

そんな大事な名前を気軽に教えてくれて良かったのだろうか……。

レヴァンの考えが分からず、フィリナは首を捻る。するとジェラルドは、肩に置いた手に力を込めてぐいっとフィリナを引き寄せた。

強引に引っ張られた肩が痛くて顔を上げたフィリナは、ジェラルドの瞳がじっと自分を注視していることに気づいた。その視線の意味が分からず戸惑っている間に、ジェラルドは恋人と秘密の話をするように、フィリナの耳に唇を寄せた。

「実はね、マヴロスにはまだ伝えていないが、彼は今、ルウェーズ国のステラ姫との婚約話が進んでいるんだ」

「レヴァンが、婚約……？」

思いがけない言葉に、フィリナの瞳が大きく揺れた。

ルウェーズ国といえば、約二十年前までオスティリア国と土地の取り合いをしていた国だ。大陸の西にあるその国は、多くの鉱山があるため経済的に豊かで、今では他国との争い事もない。そして確か、ルウェーズ国には王女が一人しかいないと聞いたことがある。

「オスティリア国は、昔に比べれば栄えているように見えるけれど、実はまだまだ資金不足で大変な状態なんだ。ルウェーズ国の援助があれば、この国はもっとよくなる。あちらも、我が国の広大な土地を活用したいようでね……」

顔を強張らせたまま何の反応もないフィリナから視線を外さず、ジェラルドは続ける。

「王たちはお互いの利益のために婚姻を結ぼうとしているんだ。でもマヴロスは、それを知っても君との結婚を望むかもしれない。君に真名を呼ばせているということは、彼は君を妻にするつもりだろうからね」

そうだろうか。

レヴァンはフィリナとの結婚を望んでくれているのだろうか。

「僕はこの国の王になるし、セドリックは病弱で他国には行けない。だからマヴロスしかいないんだ。彼がルウェーズ国の婿に入る。それが条件なんだよ。マヴロスとステラ姫の結婚は、この国の発展のために必要なことなんだ。それと比べて君とマヴロスの結婚には利がない。王は許しはしないだろう。君と彼の結婚は、君と、君の家もそうだが、マヴロスの立場をも悪くするんだよ」

「レヴァンの立場も……？」

「そうだよ。彼は王子だ。王族としての義務がある。もし、たとえば君が彼と駆け落ちでもしようものなら、きっと王はどんな手を使っても君たちを捜し出して罰するだろうね。それは君の家族も同様だ。反逆罪で全員処罰されてしまうかもしれない……」

混乱するフィリナに言い聞かせるように、ゆっくりとジェラルドは告げた。

フィリナは時間をかけて、ジェラルドの言いたいことを理解した。

フィリナがレヴァンと結婚したいと思っていても、それは叶わない願いなのだと。

レヴァンには王が決めた婚約者がいて、その結婚は国にとって必要不可欠なのだと。

たとえ、ジェラルドの言うとおりレヴァンがフィリナとの結婚を望んでくれていても、それは許されないことなのだ。

その事実はフィリナの心を引き裂いた。

あまりにも衝撃が大き過ぎて、涙すら出てこない。

「ジェラルド殿下、私は……私は……」

うまく言葉を発することができなかった。

もしもレヴァンが自分を望んでくれているなら、何を犠牲にしても彼と一緒にいたい。

けれど、その思いはこの国を傾けてしまうかもしれない自分勝手な願いだと、首を振って頭から払う。

フィリナは、結婚するならその相手はレヴァンだと勝手に思っていた。

何代か前の王が庶民を側室に迎えたことで、貴族同士の婚姻が当たり前だった風習は薄れていった。爵位を重要視している貴族は、今でも身分を気にしながら婚姻を結んでいるが、祖父母はそんなことを気にする人たちではないので、フィリナは好きな人と結婚していいのだと言ってくれていたのだ。

だから、フィリナはレヴァンと結婚する気でいた。

彼に想いは告げていないけれど、レヴァンも少なからずフィリナを好きでいてくれていると思っていた。

もしかしたら、誕生日の今日、レヴァンが告白をしてくれるかもしれないと密かに期待もしていたのに。

レヴァンはいつも優しい眼差しで見つめてくれたし、手を伸ばせばしっかりと握り返してくれて、自分の身を犠牲にしてフィリナを雪から守ってくれた。きっと想いは通じ合っているのだと思い込んでいた。

しかし、もし本当にレヴァンがそう思ってくれていたとしても、もうフィリナにはその想いを受け入れることができない。

二人の想いが通じ合い、ルウェーズ国との縁談を断ってしまったら、レヴァンもただでは済まないだろう。そして、フィリナの祖父母、父母、そしてまだ十二歳のエリクまで罰せられてしまう。想像しただけで全身を切り刻まれたような痛みがフィリナを襲った。

レヴァンが大事だ。けれど、自分のせいで家族が処罰されてしまうかもしれないと考えると、安易にレヴァンの手を取ることはできない。

いろいろな感情がせめぎ合って心の中はグチャグチャだった。

——どうしよう。泣きたい。このまま崩れ落ちて、大声で泣いてしまいたい。

しかしジェラルドの前でそんなことはしたくなかった。フィリナは必死に涙をせき止める。

初めての恋心は、相手に気持ちを伝えることなく終わりを告げた。その痛みに耐えるのに必死なフィリナは、声を発することすら困難だった。

俯いて肩を震わせるフィリナをジェラルドはふわりと抱き締める。同時に、甘ったるい匂いがフィリナを包み込んだ。

慌てて体を離そうとしたが、

「つらいね……」

耳もとで囁かれた言葉がするりとフィリナの心に入り込む。心臓がぎゅっと鷲掴《わしづか》みにされたように痛み、ジェラルドの腕の中から抜け出す気力を奪われた。

自分の幸せと家族を天秤《てんびん》にかけている。そんな自分が情けなく、悲しかった。

それと同じくらい、何もかもを捨ててレヴァンを選ぶことができない自分にも苛立ちを感じた。

どうしていいのか分からない。どうしたらこの苦しさから逃れられるのか教えてもらいたい。……でも。

「大丈夫です、ジェラルド殿下。今日はもう……」

ジェラルドには縋っていたくないと思い、フィリナは腕を突っ張り彼の体を引き離すと、きつく唇を嚙み締めた。

泣くまいと眉間に力を込めて視線を落としたフィリナを黙って見つめていたジェラルドは、小さな溜め息を吐くとフィリナから身を引いた。

「そうだね。君に会えたことだし、今日はもう帰るよ」

その言葉のとおり、フィリナの視界から光沢のある黒い靴が消えた。そして彼と、彼の後ろに控えていた騎士たちの足音がゆっくりと遠ざかって行く。

彼らの姿が見えなくなってから、フィリナは大きな溜め息を吐き出した。

宝石をキラキラと光らせた衣装のせいなのか、ジェラルドを見ていると眩暈《めまい》に似た症状が出る。それともこれは、ジェラルドの話を受け止め切れず混乱した心が引き起こしているのだろうか。胸の痛みに合わせて、頭痛までするような気がして、こめかみに手を当てた。

すると――

「フィリナ」

フィリナの耳に、くぐもった声が届く。

はっとして振り向くと、いつもと同じ仮面姿のレヴァンがこちらに歩いて来るところだった。

「レヴァン……」

「フィリナ、どうした？　顔色が悪い」

近づくとすぐに、レヴァンは膝を軽く折ってフィリナの目線に合わせ、心配そうに顔を覗き込んだ。

「何でもないの」

フィリナは慌てて笑顔をつくる。

きちんと笑えているかは分からなかったが、レヴァンは怪訝そうに僅かに首を傾げただけで、それ以上何も訊いてこなかった。

フィリナ自身まだ頭が整理できていない。ジェラルドに聞いた話を今ここでしてしまえば、なぜレヴァンが王子なのだと、国のためとはいえなぜ自分以外の女性と結婚するのかと、理不尽に彼を責めて泣き喚いてしまうだろう。自分は家族を捨てることができないのに、そんな勝手なことをまくし立ててしまうに違いない。

家族や国を捨てて逃げようなんて言えないくせに。悪いのはレヴァンではないのに、すべてを彼のせいにして嘆く、こんなに醜い感情を持っている自分をレヴァンに知られたくなかった。

だからフィリナは、黒くてドロドロとした気持ちに蓋をして、にっこりと微笑んだ。

「レヴァン、これが新しいドレスなの。どう？」

レヴァンには、綺麗な部分だけ見てもらいたい。フィリナはショールを取るとドレス全体を見てもらうためにスカートをつまんでくるりと一回転した。

彼はそれをじっと見つめ、ああ…と呟いた。

「すごく綺麗だ」

言葉少なではあったが、熱を帯びた瞳が、それが彼の本心だと如実《にょじつ》に語っている。

フィリナを飾り立ててくれた使用人たちや祖母にも同じ言葉を言われたが、彼の一言が一番フィリナの心を振るわせた。

この瞬間を留めておきたいと思った。苦しいことも悲しいことも全部一掃して、幸せな気持ちだけ感じるように、このくすぐったいような温かな気持ちを宝箱に閉じ込めておきたい。

頬をゆるめて俯いたフィリナの視界に、レヴァンの骨ばった手が映る。その手は、冷たくなったフィリナの手をそっと握って胸もとまで持ち上げた。

つられるようにして顔を上げたフィリナの瞳を、レヴァンは姿勢を正して覗き込む。

「フィリナ、今日は伝えたいことがあって来たんだ」

改まった口調でレヴァンが切り出した。

先程のジェラルドと一緒だ。彼は深刻な話をしようとしている。

「……はい」

フィリナは固唾を飲んで、レヴァンの瞳を見つめ返す。

期待と不安が胸の中でグルグルと渦巻いて、呼吸を忘れてしまいそうだった。

笑みを消したフィリナとしっかりと視線を合わせ、レヴァンは硬い口調で告げる。

「フィリナ……俺は、俺の名は、レヴァン・マヴロス・バルトロッツィ・オスティリアという。オスティリア国の第三王子だ」

初めて聞いたレヴァンのフルネームに、フィリナは目を瞠った。

ジェラルドの言うことは本当だった。

レヴァンは本当にこの国の第三王子だった。

「俺をレヴァンと呼ぶのは、母親とフィリナだけだ。他はマヴロスと呼ぶ。名前は大切なものだから、本当に大事な人にしか呼ばせてはいけないと母は言っていた。だから俺も、フィリナにしか呼ばせない」

そこで一旦言葉を切ったレヴァンは、つらそうに目を伏せた。

「……今まで、王子だということを黙っていてすまない」

謝罪するレヴァンに、フィリナは応えることができなかった。

「怒っているか？」

静かなフィリナに、レヴァンは小さく不安そうな声で訊く。そんなレヴァンの声は初めて聞いた。

「怒ってないわ」

フィリナがそう答えると、レヴァンは安心したように目を細めた。

怒ってはいない。

ただ、悲しいだけ。

口もとだけに笑みを浮かべたフィリナの表情を戸惑いと思ったのか、レヴァンはフィリナの両手を包み込むように握り直した。

「王子という肩書きはあるが、俺は俺だ。今までと変わらない」

だから安心して欲しい、と言われてフィリナは小さく頷いた。

それを確認したレヴァンは、ドレス姿を褒めてくれた時と同じような熱を瞳に宿し、フィリナに顔を寄せる。

「フィリナが好きだ。俺と結婚して欲しい」

一言一言、想いを込めてゆっくりと告げられた言葉。彼がどれほどの想いを込めて告白してくれたのか、大切につむがれたその様子から十分伝わってきた。

しかし、レヴァンの瞳を見つめたまま、フィリナは彫像になったかのようにぴくりとも動けなかった。

待ち焦がれていた言葉なのに、今のフィリナは安易に応えることができない。

少し前までのフィリナは、レヴァンからの甘い言葉を期待していた。

想いを伝えて、恋人同士になって……

そんな都合のいい想像をしていた。

夢見ていたのだ。ずっと。

レヴァンの花嫁になって、祖父母のように仲良く年を重ねるのだと。

エリクのように生意気な男の子も良いけれど、おっとりとした女の子も欲しい。そんな未来図を勝手に描いていた。

それなのに、フィリナは自分からその夢を捨てなければならない。

いくら好きでも、その想いを告げることは許されない。

「……結婚……？」

徐々に硬直が解けてきたフィリナは、レヴァンから目を逸らして俯き、喉の奥から声を絞り出す。

「返事は、少し待ってもらえる……？」

フィリナは詰めていた息を吐き出しながら言った。

なぜ断らなかったのだと心の中で自分を叱咤する。結婚はできない。一言、そう言えばいいだけのことではないか。今この瞬間に、レヴァンとの関係を絶てばいいのだ。もう二度と会わず、他人になればいい。

そうすればいいのだと分かっている。

けれど、できなかった。レヴァンと二度と会えなくなるなんて嫌だった。それ以上に、結婚はできないけれどこれからも会いたいと思っている、そんな勝手な自分が嫌だと思った。自己嫌悪で押し潰されそうだ。

これ以上喋ったら、きっと泣き出してしまう。汚い感情を吐き出して、泣いて縋《すが》って、レヴァンを困らせる。優しいレヴァンに迷惑をかけることだけはしたくなかった。

少し声が震えてしまっただろうか。それでも、泣き出して取り乱すよりはマシだと思う。顔を上げたら涙が溢れ出てしまいそうで、フィリナはレヴァンに顔を見られないように深く俯いた。唇は震え、今にも嗚咽《おえつ》が漏れてしまいそうだった。

必死に耐えているフィリナに、レヴァンは言った。

「俺のことが嫌いなのか？」

「……違うの」

「それなら、どうして考える必要があるんだ？」

レヴァンの婚約話が……と言うことはできない。彼は知らないのだ。ルウェーズ国の姫と結婚しなければいけないことを。だからフィリナに求婚してきたのだろう。

「嫌いじゃないわ。でも……」

「でも、何だ？」

言葉を濁したフィリナにレヴァンは先を促した。

「……考えたいことがあるの」

　ジェラルドから聞いたことを言うわけにもいかず、フィリナは俯いたまま誤魔化した。他に言葉が見つからなかったのだ。

「……何かあったのか？」

　フィリナの不自然な態度にレヴァンは訝しげに問いかけてくる。

　レヴァンの目を見てしまったら何もかもを白状してしまいそうな気がして、フィリナは頑なに目を伏せる。するとレヴァンは、加減を忘れたかのようにギリッと強い力でフィリナの手を握り締めた。

「俺と結婚したくないなら、そう言ってくれ」

　感情を押し殺した低い声でレヴァンが言った。手の痛みと、彼から発せられるぴりりとした緊張感に背筋が凍る。いつになく乱暴なレヴァンの様子と、息苦しい圧迫感から逃れたくて、フィリナは思わず口を滑らせる。

「したいわ！　でも、ジェラルド殿下が……！」

　そこまで言って、はっと口を噤んだ。

「ジェラルド？」

　レヴァンが鋭く呟いた。

言ってしまった。

取り返しがつかない失言に焦って、フィリナはその場から逃げ出そうと体を捩る。けれどそんなフィリナをレヴァンは容赦のない力で引き寄せた。

摑まれたままの手の骨が軋《きし》むように痛い。

「あいつに会ったのか？　何を言われた？」

迫るレヴァンの瞳に燃え盛る炎が浮かんでいる。いつも穏やかに凪いでいたそれが豹変《ひょうへん》したことに恐怖を感じたフィリナは、全身の力を振り絞り、レヴァンの手を振り払って駆け出した。

「ごめんなさい！」

「フィリナ！」

引き止めるレヴァンの声が聞こえたが、フィリナは立ち止まらなかった。

太陽の熱で溶けた雪でぬかるんだ道を必死に走って屋敷に辿り着くと、バタバタと足音を立てて部屋に駆け込む。

勢い良く閉めた扉に背を預けてずるずると座り込んだフィリナは、ドレスが泥で汚れてしまっているのに気づいた。この日のために、何着も試着をして選んだドレスだ。

レヴァンに見てもらいたくて湖に行ったのに……。

幸せな一日になるはずだった誕生日は、最悪な日になってしまった。

大好きなレヴァンがフィリナを好きだと言ってくれたのに、同じだけの気持ちを返すこともできないなんて、こんなにつらいことがあるだろうか。

レヴァン。私の愛しい人。これからの人生を共にすると決めていた人。

「……っ……レヴァ、ン…好……き……っ…」

レヴァンも好きだと言ってくれて、結婚の申し込みまでしてくれたのに、それを拒絶しなければいけないなんて……。

こんなに好きなのに、諦めなくてはいけないの？

そんなのは無理だった。そう簡単に消えるようなら、こんなにも苦しくなんてならない。

繋いだ手の温かさも、他愛のない話を真面目に聞いてくれる優しさも、支えてくれる力強さも、すべて鮮明に思い出せるのに、なかったことになんてできない。

彼が愛しいという気持ちは、フィリナの全身に刻み込まれているのだ。忘れられるはずがない。消えるはずがない。

胸がズキズキと痛んだ。息が詰まって苦しくて、フィリナはぎゅっと胸もとに手を当てる。喉がひりひりとして涙と一緒に嗚咽がこみ上げる。

痛くて苦しくてうまく息ができなくて、このまま呼吸が止まりそうな気がした。

苦しい。苦しいよ、レヴァン。

レヴァン……！

「ジェラルド」

フィリナの誕生会に出席することなく城に帰り、自室から執務室へと向かっていたジェラルドは、低くくぐもった声に呼び止められた。

振り向くと、いつものように白い仮面をつけた弟が横幅のある廊下の真ん中に立っていた。いつもと違い、まっすぐに視線を合わせてくる。

「マヴロス……どうしたんだ？」

こちらから声をかけても無視して通り過ぎるばかりだった彼が、自らジェラルドに声をかけるなんてよほどのことだ。

「そういえば、父上が君を呼んでいたよ」

言って、彼と向き合うように立ったジェラルドは、仮面にぽっかりと空いた二つの穴から覗く彼の目が凍てつくように冷たいことに気づいた。彼がジェラルドの前でこんなに感情をあらわにしたのは初めてだ。

ツカツカと靴を鳴らして近づいて来た彼は、眉を顰めるジェラルドの前に立つ。

「フィリナに何を言った？」

声は硬く、地を這うように低かった。

「フィリナ嬢？」

「何を言った？」

自分よりも幾分背の高い弟を見上げてジェラルドが首を傾げると、彼は同じ言葉を繰り返した。

今まで何にも関心を示さず、兄たちをも無視し続けた男が、一人の女性のことをひどく気にしている。その状況が意外で、ジェラルドはつい問い返す。

「気になる？」

彼は無言でじろりとジェラルドを睨んだ。

自分の言うことに反応する彼が新鮮で、ジェラルドは小さく笑い声を漏らす。

「君が何かに執着するなんて初めてだね。君もフィリナ嬢のことが好きなのかな？」

君も、という部分で、彼の瞳が剣呑《けんのん》に細められた。

「フィリナ嬢は媚《こ》びない。そこがいいよね」

王子という肩書きのせいで、気に入られようと群がってくる女たちは多い。けれどフィリナはそんな態度は一切見せなかった。逆に、迷惑そうな様子をちらりと見せたくらいだ。

「だから僕は彼女を好きになってしまったんだ。それを彼女に伝えたんだよ」

ジェラルドは彼をまっすぐに見つめて答えた。

射るようだった彼の眼差しから感情が抜け落ちる。次の瞬間、それまで離れた場所に待機していた騎士が、ジェラルドを守るように彼の前に立ちはだかった。

「どけ」

突然目の前に現れた二人の騎士を交互に見つめ、マヴロスは足を一歩前に踏み出す。

「剣をお収めください、マヴロス殿下」

背の低いほうの騎士が低くそう言って、剣の柄に手をかけた。

「まだ抜いていない」

マヴロスの言うとおり、ジェラルドから見えるその剣は鞘《さや》に収まったままだ。しかし、今度は背の高いほうの騎士が鋭く声を上げる。

「あなたには不利な状況ですよ」

三人はぴくりとも動くことなく張り詰めた空気を漂わせた。そのまましばらく睨み合いを続ける。

最初に剣の柄から手を離したのはマヴロスだった。両手を下げた彼は、すでに騎士たちには関心を向けていない。

「フィリナは渡さない」

睨むようにまっすぐとジェラルドを見つめ、彼が言った。淡々とした口調が却って恐ろしいと感じたのはジェラルドだけではないだろう。

何も言い返せずにいると、彼はふいにすっと目を細めた。そして、

「俺の邪魔をするなら……排除する」

最後にそう告げると、隙のない動きで踵を返し、立ち尽くすジェラルドたちを置いて立ち去った。


その夜。

レヴァンは王と対面していた。

ジェラルドが言っていたとおり、レヴァンはあの後、侍女から王の私室へ向かうように言われたのだ。

「こうして顔を合わせるのは何年ぶりだろうな」

一人がけのソファーに身を預けるようにして、王はレヴァンを見上げた。その様子はひ

どく気だるげで、覇気がない。

レヴァンが何も言わずに立ったまま王を見つめていると、彼はゆっくりと袖をまくり始めた。

「どうやら私は、カレンと同じ病にかかったらしい」

そう言って差し出した腕には、赤い斑点ができている。カレンの肌にも同じものがあったことを思い出し、レヴァンは目を細めた。

王はそんなレヴァンから視線を逸らし、小さく手を振る。

「これはカレンから私への罰かもしれん。そう思ったら、無性にお前の黒い髪が見たくなってな…。もう戻っていい」

素っ気無く言って、王はテーブルに置いてある水差しに手を伸ばした。カップに水を注ぎ、薬包紙を開ける彼の一連の動作をじっと見つめていたレヴァンだったが、その視線を怪訝に思ったらしい王が顔を上げるとすぐに、一礼して退室した。

第二章

ミュルダール公爵邸の正門前に、馬車が止まった。

一見、焦げ茶一色のそれは、よく見ると、窓の縁や大きな車輪部分に金色の精巧な飾り細工が施されてあり、上流階級の人間が乗ることを前提に作られた豪華な馬車であると分かる。窓を覗き込むと、赤いカーテンがかかっていて中が見えないようになっていた。

憂鬱《ゆううつ》な気分を顔には出さないように気をつけながら、フィリナは馬車から降りてくる人物を見つめた。

「フィリナ様、どうぞ」

そう言って手を差し出してきたのは、黒い騎士服を身にまとった男である。

褐色の長い前髪で目もとを覆ってしまっている彼は、ジェラルドの後ろに控えていた小さいほうの騎士だ。ここにはいないが、背の高いほうの騎士は、彼とは対照的に黒茶の髪の毛を短く刈り込んでいる。そのでこぼこな印象が強かったので、フィリナはしっかりと二人のことを覚えていた。

「ありがとうございます。あの……」

「テオドールと申します」

ぼそりと呟くように喋るテオドールは、無表情でフィリナの手を取った。そして馬車に乗りやすいようにエスコートしてくれる。

思った以上に柔らかな座席にフィリナが腰を下ろすと、その斜め前にテオドールも座った。すぐに馬車は動き出し、小さな振動が二人の体を揺らす。

「テオドール様、ジェラルド殿下はどうして私を王宮にお招きくださったのですか？」

背筋を伸ばしたまま姿勢を崩すことのないテオドールに、フィリナは疑問に思っていることを訊いた。

今朝突然ジェラルドから、フィリナを王宮に招待するという連絡がきたのだ。父が仕事で留守だったので、フィリナは一人で城に向かっている。ジェラルドが何のためにフィリナを招いたのか分からない。だから、一人で来て良かったのか不安になっていた。

「分かりません」

テオドールは視線を前へ向けたまま短く答えた。そして、これ以上は答える気はないというように唇を引き結んでしまう。

彼からは何も訊き出すことはできなさそうだ。フィリナは小さく溜め息を吐くと、彼と同じように前だけを見て城に到着するのを待った。

王宮とミュルダール公爵邸はそう遠くない。数十分後には、フィリナはジェラルドの私室のソファーに座っていた。

「そう緊張しないで欲しいな」

向かいのソファーに腰を下ろしたジェラルドは、にっこりと人懐っこい笑みを浮かべている。

緊張するなというほうが無理だ。

フィリナはなるべく不自然にならない程度に笑みをつくり、勧められるままに紅茶を飲む。

王宮には昔、祖父に連れられて来たことはあるけれど、殿下の私室に入るのは初めてだった。

ジェラルドの部屋は、本人に負けず劣らず派手だった。カーテンと同じ赤色で統一された壁には、金縁の額に収められた絵画が何枚もずらりと並べられていた。置かれている調度品はどれも凝った細工が施されてあって装飾も素晴らしく、目を奪われるほど美しく輝いて見える。

さり気なく部屋を見渡していたフィリナは、ふと、いつも彼から漂っていた甘い香りがするのに気づいた。

その匂いのするほうに顔を向けると、窓際に花瓶が置いてあるのが目に入る。そこに生けてあるのは、小さな花弁が幾重にも重なり、その表面が平らに咲いた黄色い花だ。

フィリナの視線に気づいたジェラルドは、愛おしげにその花を見つめて微笑んだ。

「あれは、アドニスという花だよ」

「珍しい花ですね」

薔薇にも似ているが、初めて見る花だった。まだ市場には出回っていない新種の花なのだろうか。強い甘さの中にほんの少しほろ苦さを感じる匂いがする。

「随分前に献上された花なんだ。僕はあの花を気に入っていてね、城中に飾りたいくらいなんだ。父上やセドリックの部屋にも毎日届けているんだよ。そうだ。新しいものを用意するから、君も持って帰るといいよ」

フィリナが花を気にしていたのを見て、親切心でそう言ってくれたのだろうと思うと、断ることはできなかった。

「ありがとうございます」

ありがたくその好意を受け取ることにしたフィリナは、あの花をどこに飾ろうかと考えた。

「あの後、マグロスとは話せたかい？」

意識が花に集中していたフィリナは、突然切り出されたジェラルドの言葉に眉根を寄せた。マヴロスという名前が、咄嗟にレヴァンと結びつかなかったのだ。

「……はい」

話せたけれど、ただ彼を傷つけただけだったかもしれない。何も知らないレヴァンは純粋にフィリナを欲してくれたのに、それに応えることも、保留する理由を話すこともできなかった。

彼を素直に受け入れることができたら、どんなに幸せだっただろう。レヴァンと歩む未来は、穏やかで満たされた日々だったに違いない。

それを壊してしまった自分は、幸せな未来を望んではいけないのかもしれない。

結局フィリナは、レヴァンの手を振り払って逃げ帰ったあの後、汚れたドレスを着替えて誕生パーティーに出席した。

エリクは約束どおり、素晴らしいバイオリンの演奏をしてくれた。祖父母もピアノとフルートで参加し、参加者たちもそれに合わせてダンスを踊ったり歌ったりして、楽しく笑いの絶えない時間だった。

たくさんお祝いの言葉をもらい、抱え切れないほどのプレゼントをもらっても、レヴァンのことが頭から離れなかった。

目が腫《は》れていることを終始心配してくれた皆には、目にゴミが入《は》ったのだと嘘を吐き通した。

レヴァンのことを考える度に溢れ出しそうになる涙を必死に堪え、顔の筋肉が固まってしまうかと思うほど無理に笑みをつくり続けたせいか、その晩熱を出して寝込み、ようやく起き上がれたのは三日後だった。

その間に再三レヴァンから面会の要請がきたが、フィリナは断り続けた。体調が悪かったせいもあったが、頭と心の整理がついていないことが一番の理由である。レヴァンに何を告げたら良いか分からなかったのだ。

そうして悶々とした日々を過ごしていたフィリナはジェラルドから王宮に招待された。

あの時はショックできちんと話を聞くことができなかったけれど、今なら冷静に聞けるはずだと思った。もしかしたら、レヴァンがルウェーズ国の王女と結婚しなくても良い方法を見出せる可能性もある。それをジェラルドが知っているかもしれないという小さな希望を抱き、彼の誘いを受けることにした。だからこうして今、ジェラルドと向き合っているのである。

「フィリナ嬢、やはり僕のことは好きになれないかな？」

ジェラルドはまっすぐにフィリナを見つめた。フィリナはその視線を逸らすことなく受け止め、大きく頷いて見せた。

「私はレヴァンが好きです。ジェラルド殿下のお気持ちにお応えできないことをどうかお許しいただけないでしょうか」

深々と頭を下げながら断りの意を伝えると、部屋の中に沈黙が落ちた。フィリナは腰を折ったままひたすら彼の言葉を待つ。

「君とマヴロスが決して結ばれることはない、と言っても、その想いは変わらないかい？」

「え？」

断言されて絶句するフィリナに、二人は結ばれないよ、とジェラルドは追い討ちをかけた。

分かっている。

フィリナはぐっと唇を噛み締めた。

言われなくても理解している。レヴァンの立場も、フィリナにすべてを捨てる勇気がないことも。でも、それでも……

「変わりません。たとえ結ばれなくても、これからもレヴァンを想い続けます」

「残念だな」

ぽつりと呟かれた言葉に恐る恐る顔を上げたフィリナの目に、少しだけ目を伏せて寂しげに笑うジェラルドの姿が映った。

「申し訳ございません」

「フィリナ嬢は、マヴロスの仮面の下の顔を見たことがあるのかな？」

再び頭を下げて謝罪の言葉を口にしたフィリナに、ジェラルドが唐突にそんな質問を投げかけてきた。

「……ありません」

なぜいきなりそんなことを訊かれたのか分からず、フィリナは困惑しながら顔を上げる。

仮面がずれて口もとが見えてしまったことはあるが、素顔は見たことはない。

「そうか。実は僕も見たことがないんだ」

そう言うと、ジェラルドは肩を竦めて苦笑した。

兄であるジェラルドもレヴァンの素顔を知らない。そんなことがあるのだろうか。

どういうことなのかとジェラルドを見れば、彼は小さく頷いて説明してくれる。

「彼は生まれて間もなく、不慮の事故で顔に火傷《やけど》を負ってしまったらしくてね」

「火傷、ですか？」

「王はそう言っていた。彼は生まれてからずっと部屋から出て来ることはなかったから、僕とセドリックが彼の姿を初めて見たのは、彼が三歳の時だよ。その時にはすでに仮面をつけていたから、彼がどんな顔をしているのか、火傷がどれほどひどいのか、僕たちは知らない。きっと、王以外は誰も知らないはずだ」

「でも、レヴァンのお母様や彼を育てた方は顔を見ていますよね？」

さすがに生まれた時から仮面をつけていることはないのだから、彼の素顔を知っている人は何人かいるに違いない。そう思って訊いたのだが、ジェラルドは首を振って否定する。

「マヴロスは側室の子供なんだ。元々病弱だった彼の母親は十年前に亡くなったから、彼女から訊くことはできないし……」

ああ、そうなのか…とフィリナは思った。彼は側室の子供だから、髪と目の色が他の王子たちと違うのだ。現在、王は側室をもっていないので、レヴァンの母親が王の唯一の側室だったのだろう。

レヴァンのことをまた一つ知れたことにフィリナが喜びを感じていると、突然、ジェラルドが立ち上がり、二人の間にあったテーブルをぐるりと周ってフィリナの隣に腰を下ろした。そして、内緒話をするように肩が触れる位置まで距離を詰めてくる。

遠慮のない距離感に戸惑うフィリナの耳に顔を寄せ、ジェラルドは、実はね…と囁く。

「不思議なことにね、彼がまだ幼い頃、彼を育てていた乳母と世話をしていた使用人たちが、突然いなくなってしまったんだ。何かを隠すために消されたのかもしれない。そう思わないかい?」

声をひそめて告げられた言葉に、フィリナは目を丸くした。そんな…と呟くフィリナの背中にするりと手を伸ばし、ジェラルドはいっそう体を寄せてくる。

「マヴロスの仮面には秘密があると、僕は思っているんだ。いや、仮面よりも素顔に、かな」

ジェラルドの話が本当ならば、レヴァンの素顔には重大な秘密が隠されていることになる。彼の顔を知っている人間が皆いなくなるなんて、故意にそうしないとできないことだ。

そんなことが本当に可能なのか問おうとジェラルドを見たフィリナは、彼の顔が思った以上に近い位置にあることに気づき、慌てて距離を取った。

体を横にずらしたフィリナを気にすることなく、ジェラルドは思案顔で腕を組む。

「近頃王とセドリックが臥《ふ》せっているのも、マヴロスが呪われた王子だからかもしれないな…」

「呪われた王子？」

第二王子が体調を崩していることはレヴァンから聞いた。けれど王まで臥せっていることは知らなかった。それがレヴァンのせいだと、ジェラルドは言ったのだ。彼が呪われた王子だから、と。

「それは、どういうことですか？」

責めるような口調になってしまったかもしれない。でも、レヴァンのことを悪く言われたら冷静ではいられなかった。

ジェラルドは困ったように眉尻を下げ、大仰に手をあげる。

「あの仮面が原因だと思うけど、昔から彼はそう言われているんだよ。でもきっと、僕の思い過ごしだね。失言だった」

申し訳ないね。とジェラルドは謝罪した。素直に謝られてしまい、フィリナは言葉を飲み込む。

その時、扉をノックする音が聞こえてきた。ジェラルドが入室を許可すると、背の高い騎士が入って来る。いつもテオドールと一緒にジェラルドの傍に控えている騎士だ。

「ロルフか。どうした？」

「花をお持ちしました」

言って手の中にあるものを差し出す。この部屋の窓際に生けてある黄色い花と同じものが小さな花束となって、彼の大きな手に握られていた。それを見てフィリナは、ジェラルドが花をくれると言っていたことを思い出す。

「そうか。ではフィリナ嬢、今日はありがとう。突然の招きに応じてくれて嬉しかったよ」

ジェラルドはソファーから立ち上がり、フィリナに手を差し伸べた。

話はもう終わりだということだろう。結局彼は、何のためにフィリナを呼んだのか。

フィリナは訝しく思いながらもその手を取って立ち上がる。騎士に花束を渡され、退室を促されてしまえば、それ以上留まることはできない。仕方なく挨拶をしてジェラルドの部屋を出た。

廊下にはテオドールがいた。馬車が待機している場所まで送ってくれた彼だったが、今度は一緒に乗らないらしい。フィリナは一人で馬車に乗り込み、帰路についた。

窓から流れる景色を見ながら、ジェラルドの言っていたことを思い返す。

レヴァンの生い立ちを知ることはできたが、彼と一緒にいられる方法が見つかるかもしれないという期待は砕かれた。逆に、側室の子であるレヴァンになら政略結婚を押しつけやすいという理由で、彼に白羽の矢が立ったのに違いないと納得してしまったくらいだ。

ジェラルドが言っていたとおり、フィリナとレヴァンは結ばれることはないのだろうか。

大きな溜め息を吐きながら腕に抱えている花束を見下ろすと、花びらが二重に見えた。目がかすんでいるのだ。王宮を出て緊張が解けたせいか、頭もぼんやりとした。

何かを考えると靄《もや》がかかり、うまく考えられなくなっていた。体はよろめくことなくきちんと椅子に座っているのに、思考だけがはっきりしない。

（まだ本調子じゃないせいね……）

三日寝込んでいたのだ。きっとそのせいだろう。フィリナはふうっと息を吐き出し、考えることをやめた。少し横になろうかと上半身を座面に預けようとしたその時。

突然、馬車が止まった。何事かと小さな窓から外を覗き込むが、特に変わった様子はない。

どうしたのかと首を傾げた次の瞬間、大きな音を立てて扉が開いた。驚いて振り向くと、強い力で腕を引っ張られ拘束されてしまう。

驚愕していられたのもほんの僅かの間であった。口につんとした匂いの布を当てられ、あっという間に目の前が真っ暗になっていく。

訳が分からないまま意識を失う寸前、フィリナの願望が瞼の裏にレヴァンの姿を映した。

――レヴァン。

フィリナを優しく見つめる瞳を思い出したら、無性にレヴァンに会いたくなった。

目を開けると闇が広がっていた。

ぼんやりとする頭を振り、何度も瞬きを繰り返してみると、薄暗い視界に天井らしきものが見えた。

体は何か柔らかいもので包まれていて、だから寒さを感じることはないのだと気づく。それが厚くて軽い高級な寝具なのは、ふかふかで寝心地が良い感触から分かった。

フィリナはそっと腕を伸ばしてみた。自分の体から離れた部分のシーツはひんやりと冷たい。いくら腕を伸ばしてもはみ出すことがないので、結構な広さのベッドなのだろう。

少し硬めのベッドの感触を確かめた後、ふと気づいた。

ここはどこだろう?

フィリナの自室は、こんなに暗くはならない。カーテンが薄手のものなので、昼間は太陽の光が漏れ、夜は月の光で部屋の中もうっすらと明るい。月が出ない夜だって、いつも灯りがともっているから安心できるのだ。

それにこのベッドはフィリナのベッドではない。慣れ親しんだ感触ではないし、安眠のために枕に染み込ませているハーブの香りもしない。だから、ここは自室ではない。

暖炉の中で消えかけている火だけが、この部屋の灯りだった。高級なベッドが置いてある暗い部屋。ここが誰の屋敷で誰の部屋かなんて、見当もつかない。

ベッドから上半身を起こし、目を凝らして辺りを見回す。ぼんやりとしか視界がきかないが、灯りが届く範囲に壁が見当たらないことから、ここが広い部屋の中であることは分かった。

暗闇に目が慣れてくると、カーテンが引かれた窓が一つだけあるのに気づいた。フィリナはベッドから降りてカーテンを開く。

すぐに眩しい光が差し込み、フィリナは目を細めた。

うっすらと開いた瞳が映したのは、一面の銀世界。木々に降り積もった雪が、キラキラと月の光を反射して、暗闇に慣れてしまったフィリナの目を刺激する。

雪のせいでよく見えなかったけれど、眩しさになれた視界にフィリナはあるものを見つけた。

視線を下げた先に、剝《む》き出しの岩が広がっていたのだ。

落ちたら無事では済まないであろう高さがあり、この建物が断崖絶壁の近くに建っているのだと理解する。

（遠くまで見渡せて景色はいいけど、少し怖いわね……）

呑気にもそんなことを思っていたその時。

カタ…と、どこからか何かが動く小さな音が聞こえた。

びくりと肩を揺らして振り向くと、フィリナのいる場所のちょうど向かい側にある壁からうっすらと光が漏れていた。その光が徐々に大きくなり、長い影が床に伸びる。

壁だと思っていたそこは、どうやら扉だったらしい。廊下の窓から月の光が差し込んでいるらしく、逆光で人の形が黒く浮かび上がった。

「誰……？」

光が差し込んだとはいえ部屋の中は相変わらず薄暗く、近づいて来る人物の姿をはっきりとは確認できない。

「誰なの？」

知らない場所、見知らぬ人物。何をされるか分からない恐怖をやっと自覚したフィリナは、壁にぴたりと背をつけた。

緊張のため、動悸が激しくなり、体は冷えていくのに汗が出る。

「フィリナ……」

くぐもった声で名前を呼ばれ、フィリナは大きく目を見開いた。

「レヴァン？」

近づいて来る人物の顔に白い仮面があるのを見て、フィリナは緊張を解く。

「良かった。レヴァンだったのね」

レヴァンはフィリナの前に立つと、無言で頷いた。

相手がレヴァンだったことに安堵し笑顔になったフィリナだったが、ふと目が覚める直前のことを思い出す。

「あれは……レヴァンだったの？」

馬車を止め、フィリナを気絶させてここまで連れて来たのは、目の前の愛しい人なのだろうか。

フィリナは、レヴァンに伸ばしかけていた手を止め、仮面から覗く黒い瞳を見つめる。

レヴァンは何の躊躇《ためら》いも見せずに首肯した。

「そうだ。フィリナを攫ったのは俺だ」

「ど、どうして？」

「もう一度、きちんと話がしたかった。会いたいと言ってもフィリナは会ってくれなかったから、こんな強引なことをしてしまった。すまない」

堂々と認められ、言葉が詰まる。

けれど、彼の求婚を受け入れることも断ることもできず、曖昧な態度のまま逃げ出してしまったのはフィリナなのだ。それからもフィリナはレヴァンと会おうとしなかった。レヴァンはそんなフィリナをどうにかして捕まえたかったのだろう。

フィリナは、いいの…と首を横に振った。

「レヴァンは会いたいと何度も言ってくれたのに、会わなかった私が悪いのよね。ごめんなさい」

「いや……体はもう大丈夫なのか？」

「大丈夫よ。まだ全快したわけではないけど、随分動けるようになったの」

「そうか。良かった」

レヴァンの目が安心したようにゆるんだ。

フィリナは罪悪感に駆られ、思わず目を伏せてしまう。

頭の整理がつかないからといって、面会の要請を断り続けていた自分を恥じた。心配してくれていたレヴァンに申し訳ないことをしたと改めて思う。

「ごめんなさい」

重ねて謝ったフィリナの頭をレヴァンは優しく撫でた。その手が、もういいよと言ってくれているようで、フィリナは彼の優しさに泣きたくなる。

　しかし、後ろめたさは拭《ぬぐ》えずレヴァンの目を見られなかった。泳いだ視線が窓から見える景色をとらえ、フィリナは、そういえば…と口を開く。

「ここはどこなの？」

「俺に分け与えられた領地にある古城だ」

「古城……？」

「ああ。眺めはいいだろう？」

　言って、レヴァンは窓の外に視線を移す。

　フィリナもつられて銀世界に目を向けた。

　フィリナたちが住んでいる街では、今の時期はここまで大量に雪は降らない。地面の色が分からないほどに降り積もった雪は、まるでふわふわの綿《わた》が一面に敷き詰められたようだ。汚れのないその白を見つめていると心が洗われるような気がする。

　それに、雪に反射した月の光のせいだろうか。レヴァンの仮面がいっそう白くフィリナの目に映った。

　凝視していることに気がついたのか、レヴァンはフィリナに視線を戻す。彼の黒く澄んだ瞳を久しぶりに見た気がして、瞬きも忘れてじっと見つめていると、穏やかだったその瞳は徐々に熱を帯び始めた。フィリナがそれに気づくと同時に、彼はいきなりフィリナを抱き締めた。

「フィリナが好きだ」

突然の抱擁に驚いて体を硬直させたフィリナの耳もとで、レヴァンは甘く囁く。

「ずっと好きだった」

私も好き。

「フィリナと結婚したい」

私もレヴァンと結婚したい。

「フィリナ以外はいらない。俺にはフィリナだけだ」

私にもレヴァンだけ。

決して口にすることができない言葉を心の中で囁き、フィリナは全身で感じるレヴァンのぬくもりに幸せを噛み締めた。

本当は、その背に腕を回したい。きつく抱きついて離れたくない。

「……誰か他に好きなやつがいるのか？」

自身の言葉に応えないフィリナに痺れを切らしたのか、レヴァンは低い声でそんな質問を口にした。

いるわけがない。でもそれを言ってしまったら、フィリナはレヴァンへの溢れる想いを告げてしまうだろう。だから口を開くことはできない。

沈黙を守るフィリナの体を離し、レヴァンは感情を押し殺した声で言う。

「ジェラルドか？」

「え？」

なぜジェラルドの名前が出るのかと目を見開いて顔を上げたフィリナに、レヴァンの鋭い視線が突き刺さった。

「あいつが好きなのか？　俺よりもあいつがいいのか？　あいつと結婚するのか？」

矢継《やつ》ぎ早《ばや》に問われ、フィリナは必死に首を横に振る。

「それならどうして……！」

レヴァンの手に力が込められ、摑まれている肩が軋む。放して、と言う間もなく彼はフィリナの体を揺さ振った。

「どうして俺を受け入れてくれないんだ！」

あの穏やかなレヴァンが激昂《げきこう》している。

それだけフィリナのことを想ってくれているのだと分かり、胸が熱くなった。しかし同時に、誕生日の時に豹変した彼を思い出し、その時感じた恐怖も一緒によみがえってしまった。

「俺を好きだと言ってくれ、フィリナ！　俺が好きだろう!?」

「や……！」

壁に押しつけられ、燃えるような激しい感情をぶつけられたフィリナは、思わずレヴァンを突き放してしまった。

「あ……っ！」

強く手を払った拍子に、レヴァンの仮面が外れる。絨毯の上に音もなく落ちた仮面が視界の端に映った。

けれどフィリナの意識はすぐに、仮面の下に隠れていたレヴァンの素顔に集中してしまう。

現れたのは、傷一つない綺麗な顔だった。

くっきりとした二重瞼《ふたえまぶた》に切れ長の瞳、深い黒色の瞳。鼻はすっと筋が通っていて高く、どちらかと言えば薄めの唇。ほっそりとした頬のラインも左右対称で完璧だ。ジェラルドが言っていたような火傷の痕はどこにもない。

けれど、側室の子とはいえ、第三王子であるはずの彼のその顔は、王とも二人の王子たちとも似ていなかった。

それに、これが本当にレヴァンの素顔なのかと疑ってしまうほど、彼の顔には表情というものがない。だから余計に誰とも似ていないと感じるのだろうか。

レヴァンはいつも優しい瞳で見つめてくれた。

今もそうだ。目だけは激情を宿している。けれど顔の筋肉は動くことなく、彼がつけていた仮面のように表情がなかった。

美青年だと誉めそやされているジェラルドよりも美しく整ったその顔。落ちた仮面のことなど気にする素振りも見せず、黒い瞳はまっすぐにフィリナを射抜く。

「……っ……！」

あまりにも強い視線に、フィリナは息を呑んだ。

瞬きもせずに呆然とレヴァンを見つめるフィリナに、レヴァンは小さく呟く。

「……俺を拒絶するのか？」

つい先程までの、感情をぶつけるような激しい口調ではなく、感情を抑え込んだような静かな呟きに背筋が冷えた。何か、してはいけないことをしてしまったように感じたのだ。

「フィリナも、俺を拒絶するのか…？」

ふらりと体を左右に揺らしてフィリナから手を離したレヴァンは、深淵の闇が広がる双眸をフィリナに向けた。

まるで別人のようなレヴァンの様子に、フィリナの体が知らず震え出す。

「ジェラルドと何をしていた？」

なぜジェラルドと会っていたのが分かったのかと疑問に思いながらも、穏やかにも聞こえる抑揚のないレヴァンの声に、フィリナは慌てて答える。

「何も。何もしていないわ。お茶を飲んだだけ」

その答えに僅かに首を傾げるようにして、レヴァンはフィリナの髪の毛をひと房手に取った。

「告白されたんだろう？」

予想もしていなかった言葉に、フィリナは驚愕して目を見開いた。なぜレヴァンがそのことを知っているのだろう。告白のことを知っていたから、先程ジェラルドの名前を出したのだろうか。

「それでフィリナはどうしたんだ？　もちろん、断ったよな？」

フィリナの亜麻色の髪を自分の指にくるくると巻きながら、レヴァンは上目遣いでフィリナを見る。凪いでいるのに不安を煽るその眼差しに、フィリナはぎこちなく頷いた。

するとレヴァンは愛しげにフィリナの髪を手で梳き始める。

「断ったなら、俺を受け入れてくれるよな？」

「…………」

素直に頷いてしまいたくなる気持ちを無理やり抑え込み、フィリナはレヴァンから視線を逸らした。

「駄目だよ、フィリナ。君はもう俺から逃げられない」

髪に差し入れていた手がフィリナの頬をするりと撫でると、そのまま顎まで移動する。そして、視線を逸らすことは許さないとでも言うように、レヴァンはぐいっとそれを持ち上げた。

「仮面は外せない、と俺は言っていただろう？」

静かにフィリナを見下ろし、レヴァンは目を眇めた。

そうだ。レヴァンは仮面は外せないと言ったのだ。

「でもフィリナは、仮面を外して俺の顔を見てしまった。その瞬間から、フィリナは俺のものになったんだ」

「え……？」

不可解な彼の言葉に困惑した。なぜ、素顔を見ただけでフィリナがレヴァンのものになるのだろうか。

フィリナが戸惑っていると、レヴァンはいつもの彼に戻ったように、優しい口調で説明してくれる。

「仮面の下の素顔は、妻になる女性にしか見せないと王と約束した。だから俺は、フィリナと気持ちが通じ合ってから外すつもりだったんだ。けど、フィリナがどう想っていようと関係なかったな」

素顔を見せてしまえば、気持ちなんて関係なく自動的にフィリナを妻にできるのだと彼は言っているのだ。

彼の狂気の片鱗《へんりん》を見てしまった気がして、フィリナは怯《よ》んだ。いつもより饒舌《じょうぜつ》なのは、今の彼が正気でない証拠ではないのか。そんな考えが頭を過ぎる。

底知れぬ恐怖にごくりと唾を飲み込んだフィリナを、レヴァンは素早く抱き込んだ。

「……っ！」

フッと耳にレヴァンの熱い吐息がかかり、ぞわっと背筋を悪寒が走り抜ける。予想外のことに体がビクッと大きく跳ね、慌てて体を捻って逃げ出そうとするが、そのまま抱き上げられて乱暴にベッドに押し倒された。

レヴァンはフィリナの両手をベッドに縫いつけ、馬乗りになってフィリナの動きを封じる。

「レヴァン……！」

どんなにフィリナが暴れてもレヴァンの腕はビクともしない。

「どうしてこんなことをするの？」

「フィリナを逃がさないためだ」

怯えを滲ませたフィリナの問いに答えたのは、低く静かな、けれど有無を言わさぬ支配者の声。

狂気を宿したその瞳が、射るようにフィリナを見つめている。その視線の強さにぶるりと身を震わせて息をのんだフィリナに、レヴァンはゆっくりと言い聞かせるように続ける。

「もし逃げ出したら、すぐに連れ戻して……一生ここに閉じ込めて二度と逃がさない」

レヴァンは本気でフィリナを我がものにするつもりなのだ。彼の執着を理解したフィリナは、恐怖なのか歓喜なのか分からない感情に襲われた。

「フィリナの心は、どうしたら俺のものになる？　体を奪ってしまえば、フィリナはもう俺から離れられないよな？」

そんなことをしなくても、フィリナからは離れたりしない。ルウェーズ国の王女と結婚して離れていくのはレヴァンのほうだ。

それとも、妻にしか見せてはいけないレヴァンの素顔を見てしまったフィリナは、彼のものになってもいいのだろうか。その場合、王はどちらを優先するだろうか。レヴァンとの約束か、国の発展か……。それは考えるまでもないことだ。国のことを考えると、ルウェーズ国との婚姻のほうに決まっている。

レヴァンと一緒にいたい。彼が言うとおり、ずっとここで二人きりで過ごせたら幸せだと思う。

ここでフィリナがレヴァンを受け入れれば、彼はフィリナのために、他国の姫との婚約話を断ってくれるに違いない。ここにフィリナを閉じ込めるとまで言うのだ。彼の気持ちはそれくらい強いのだと思う。

けれど、王命に背くレヴァンの身は危険にさらされる。そんなのは嫌だった。

いっそ、フィリナがジェラルドと結婚してしまえば、レヴァンの執着はなくなるだろうか。他の男のものになったフィリナに、レヴァンは興味をなくすかもしれない。

フィリナがきちんとレヴァンのことを拒絶し、他の男が好きでその人と結婚するのだと言えばフィリナを解放してくれる、と思うのは甘い考えだろうか。

「何を考えている？」

まるでフィリナの思考を読んだかのように、レヴァンは剣呑に目を細めた。

「…………」

フィリナが考えているのは、いつだってレヴァンのことだ。でも、それは言えない。

本当のことを言えず、かといって嘘も吐きたくなくて、フィリナは沈黙した。

レヴァンの気持ちを受け入れられないのに、彼を守りたいと思うこの気持ちは自分勝手で傲慢なのだろう。

　嘘を吐きたくないなんて、そんなのは自分を守るための言い訳だ。

　分かっていても、フィリナはどうしてもレヴァンに危険な目にはあって欲しくなかった。自分がレヴァンと家族を失いたくないから、彼のまっすぐな気持ちを拒絶するのだ。

　レヴァンは迷いの中にあるフィリナの顎を摑んで上向かせ、しっかりと視線を合わせる。

「今は俺のことだけを考えろ、フィリナ」

　突き刺さるような彼の視線にすべてを見透かされてしまいそうな気がして、フィリナは顔を背けた。すると彼は、唇が触れるほどの距離まで顔を寄せて懇願する。

「俺を好きだと言ってくれ。そうすれば、俺は何を犠牲にしてもフィリナだけを選ぶ」

　レヴァンの決意を痛いほど感じ、フィリナはぎゅっと口を引き結んだ。

　やはり彼は、国よりもフィリナを選んでくれるだろう。そして、フィリナにもそれを望んでいる。

　しかしフィリナは、家族を見捨てることができなかった。特に、幼いエリクが自分のせいで処罰されてしまうことになったら、後悔してもしきれないだろう。

　だから、この気持ちは告げることはできない。

フィリナは強くそう思った。

けれど――

突然、熱くて柔らかいもので口を塞がれた。それがレヴァンの唇だと気づいたのは、ぬるりとした舌が口腔に入り込んできてからだった。

「……っ……！」

悲鳴を上げたくても、舌を絡めとられてくぐもった声しか出てこない。

初めての口づけはお互いの気持ちを伝え合ってからと思っていたのに、こんな形で奪われてしまったことに、フィリナの目尻に涙が浮かぶ。

思わず彼の舌にきつく歯を立ててしまうが、そんなことにはまるで動じない様子で、彼はフィリナの口腔を犯す。血の味のする舌が上顎《うわあご》や歯列、舌の付け根までを舐め尽くし、吸い上げた。

「……うん……やっ……ぁ……っ！」

手足を押さえつけられているフィリナは必死に顔を背けるが、レヴァンの舌は執拗に追ってくる。隅々まで口腔を貪り尽くされ、息が上がった。

「……嫌っ……！」

逃げようとしても逃げられず、噛《か》んでもきかず、縦横無尽に動く舌をどうすることもできずに口腔を蹂躙《じゅうりん》される。

悔しい。力のない自分が。流されそうになっている自分が。

でも、嬉しい。

そう思ってしまう自分もいる。好きな人にこんなに激しく求められているのだ。嬉しくないわけがない。

その時、ふいにレヴァンが唇を離した。

僅かに離れただけの唇から、はあ…と熱い吐息が漏れる。

「口づけは、初めてだったか？」

フィリナは素直に頷く。すると彼は嬉しそうに目を細めた。

「フィリナの初めては、すべて俺のものだ」

そう言って再びレヴァンはフィリナの首筋に顔を寄せた。そして首筋を強く吸う。針で刺されたような痛みとぞわっとした何かが背筋を駆け抜けた。

ぬるりとした舌が首筋や鎖骨の窪《くぼ》みを味わうように舐め上げ、まるで所有印をつけるかのように強く吸いついて赤い跡を残す。

誕生日の前日に戻りたい。

フィリナは心の底からそう願った。

何も知らないあの時ならば、レヴァンの気持ちを素直に受け入れることができた。好きだと告白し合って、幸せな気持ちで抱き合えたはずだ。

嬉しいのに拒絶しなくてはならないなんて、こんなにつらいことがあるだろうか。

身を任せてしまいたいと思う気持ちと戦いながら体を捩っていると、レヴァンはフィリナの腕を摑んでいた手を放し、乳房を乱暴に摑んだ。

「……痛っ……！」

一瞬、痛みで抵抗するのを忘れたが、片腕が自由になったのだ。フィリナは乳房を揉んでいる手を摑み、離そうと力を入れる。しかし、どんなに力を込めても離せなかった。

フィリナはレヴァンの頭や腕や肩、手の届く範囲を強く叩いた。それでも、彼は行為を止めようとしない。

つねっても引っ搔いてもまったく効果がなく、フィリナの手のほうが痛みを訴えている。

そんなことをしている間に、レヴァンの手はドレスを肩口から下ろし始めた。王宮に招待されたと言ったら、使用人たちに胸の大きく開いたドレスを用意されてしまったのだ。

そのせいで、簡単にするりとドレスを脱がされてしまう。

しかしレヴァンはそこで一度動きを止めた。ドレスの下から現れたコルセットをどうしていいのか分からなかったらしい。

躊躇しているレヴァンの隙をついて、フィリナは体を起こそうと体を捩った。けれどそれは失敗だった。背骨に沿って締め上げられたコルセットの紐にレヴァンが気づいてしまったのだ。

フィリナの背中に手を回したレヴァンは素早くその紐を解き、コルセットと一緒に胸当ても取り去ってしまった。

「嫌っ！　やめて……っ！」

手を繋いだ時のレヴァンのそれはいつも温かかった。それなのに、ドレスの下の素肌に触れる彼の手はひどく冷たく感じた。ひんやりとしたそれは乳房を包み込み、感触を確かめるようにゆっくりと揉み始める。

直に触れられた胸が、レヴァンの手によっていろんな形に変えられていく。痛いのに、痛みではない何かがじわじわと湧き上がって来るのが怖かった。

「やっ……レヴァン…！」

フィリナは全身を使ってレヴァンから逃れようとした。

けれどそうすればするほど、痛いほど顎を摑まれて唇を塞がれてしまう。舌をきつく絡められ、叫び声はレヴァンの口の中で消えていく。

口の中をグチャグチャに掻き回され、乳房を揉んでいたレヴァンの手が僅かに立ち上がっていた乳首を捉えると、フィリナの体がビクッと跳ねる。

口腔を貪りながら、レヴァンは乳首を摘んで指の腹で撫でた。

「……んんっ！」

ピリッとした刺激にフィリナは首を竦める。撫でられている部分が一気に敏感になった気がした。

クチュクチュ…と舌を絡ませる水音が鼓膜《こまく》に響く。その音が恥ずかしいのと乳首がむず痒《がゆ》いのとで、フィリナはギュッと目を瞑った。

すると、レヴァンはゆっくりと唇を離す。まともに呼吸ができずにいたフィリナは、喘《あえ》ぐように空気を吸い込んだ。

はあはあと荒い呼吸を繰り返すフィリナの顔の上から、ふいにレヴァンがいなくなる。

やめてくれるのかと期待したフィリナだったが、それまで指で弄ばれていた乳首が濡れた熱いものでぬるりと覆われ、一瞬頭の中が真っ白になった。

レヴァンが口に含んで転がし始めたのだ。

これまで感じたこともない刺激に体が震え、それをやり過ごしたくてシーツをきつく握る。

しかしいくら刺激から意識を逸らそうとしても、それはピリピリと背筋を駆け抜け、全身に広がっていく。下腹部から熱が湧き上がり、もぞもぞと足を擦り合わせた。

フィリナの反応に気を良くしたのか、レヴァンは片方の乳首を指で摘み、もう片方に濡れた舌を絡める。

「……ぁ……っ……」

フィリナの口から小さく声が漏れた。

「気持ち良いのか？」

掠れた声でレヴァンが訊くが、フィリナは激しく首を横に振って否定した。

無理やりこんなことをされて、気持ち良くなるわけがない。

しかしフィリナの答えなど初めから聞くつもりはなかったのか、レヴァンはすぐに愛撫《あいぶ》を再開した。

乳首を口に含み、舌の先で押し潰したと思ったら、今度はきつく吸い、そして優しく舐めるように舌を這わせる。強弱をつけたその愛撫に、フィリナの体はその度にピクピクと反応し、快感を得ているのだと正直に伝えてしまっていた。

「……ぁ……ん……んっ……」

歯を食い縛っていても、熱い吐息と喘ぎ声が漏れる。

なに？

なにか変。

何がどうなっているのか分からず、フィリナは何度も首を振る。

ピチャピチャとわざと水音を立てて乳首に舌を絡ませるレヴァンの肩に、フィリナはグッと爪を立てた。

「やっ……っ……！」

「……気持ち良いんだな」

「……ちがっ……ふう、んん……っ！」

やめて欲しくて抵抗しているというのに、レヴァンはそれが快感を得ている証拠だと言う。

気持ち良くなんてない、そう言いたいのに、乳首を舐めながら首筋や脇腹をくすぐるように撫でられ、そのむず痒いような感覚に気をとられてうまく言葉を発することができなかった。

その間にも脇腹を撫でていたレヴァンの手が徐々に下りていき、布越しにフィリナの太ももの内側を撫で上げた。その瞬間、下腹部にぐっと力が入って体が小さく跳ねてしまう。

そんな自分の反応が恥ずかしくて顔を隠そうとすると、それを阻止するようにレヴァンがフィリナの唇を塞いだ。

角度を変えて何度も落とされる口づけは、愛し合っている恋人たちがするものに思えた。レヴァンの瞳はじっとフィリナを見つめたままで、嫌がりながらもフィリナは彼から視線を逸らせない。

唇の隙間から流れ落ちそうになる唾液を舌で舐め取りながら、レヴァンの手はするりとフィリナのふくらはぎから太ももを撫で上げ、その付け根から誰にも触られたことがない秘部に移動する。

びくりと体を震わせたフィリナを宥めるように唇を重ねるだけの口づけをしながら、レヴァンはドロワーズの上から割れ目をなぞった。瞬間、フィリナはグッと息を詰めた。

背筋を駆け抜けた何かを否定するように、フィリナは慌ててレヴァンの腕を摑む。

「…嫌っ！」

どうにかしてそこから手を引き離したかったが、レヴァンはフィリナの抵抗を無視して、生地を押しつけるように何度も指を上下させた。

じわじわとした快感が下半身から全身に伝わる。それに身を任せたくなくて、フィリナは下唇を嚙んだ。

しかし、そんなフィリナを嘲笑《あざわら》うかのように、レヴァンの指は陰核を捉える。

「……あぁっ…んんっ！」

全身が震えるほどの快感が背筋を駆け抜け、大きく体が痙攣《けいれん》する。

強過ぎる刺激に、フィリナの瞳から涙が溢れた。自分の体がどうなってしまうのか不安で、全身がガクガクと震える。

初めての経験に対する恐怖は確かにあるのに、快感がそれに勝るのが怖い。喘ぎ声を上げ、反応する体が怖い。

心は駄目だと叫んでいるのに、快感に流されてしまいそうになる自分を嫌悪した。

その部分を押し潰すように愛撫されると、ビクビクと体が震え、食い縛った歯の間から喘ぎ声が漏れた。触れられている部分からじわっと熱いものが溢れ出るのが分かり、フィリナは嫌々と首を振る。

レヴァンはドロワーズを素早く剝ぎ取ると、直接膣口に指を這わせた。クチュリ…と濡れた音が響く。

「……濡れてる」

囁くようにレヴァンが言った。

「……っ嫌ぁ……」

羞恥と抵抗感がフィリナを襲った。とにかくこの状況から逃れたくて、必死に手足を動かした。しかし、

「ああああ…んん！　やぁ…あ、あ、や……っ……」

　レヴァンの指が、今度は直接陰核を撫でた。布越しでも強いと思っていた快感が、それ以上に大きな塊となって体の内部からフィリナの全身を支配する。

　彼の指は、フィリナの秘部から溢れ出した愛液を塗りつけながらグリグリと容赦なく陰核を押し潰す。

「どんどん溢れてくるぞ」

　赤く染まっているであろうフィリナの耳に噛みつき、レヴァンは意地悪く囁いた。同時にフッと耳の中に息を吹き入れられ、くすぐったさに身を捩る。

「俺が好きだろう？　フィリナ」

　思わず頷いてしまいそうになるほどに甘い言葉。

　頷いてはいけない。きちんと拒絶しなければいけないのだ。けれど体はそれを嘲笑うかのようにビクビクと痙攣していた。否定しても否定しても、グチュグチュと秘部から響く水音が、フィリナがレヴァンを受け入れてしまっている現実を突きつけてくる。

　思考が飛んでしまいそうなほど強い刺激からなんとか意識を逸らしたくて、力いっぱい唇を噛み締めた。血の味が口の中に広がったが、レヴァンが陰核をキュッと摘んだ瞬間、血の味と唇が切れた痛みを忘れるほどの快感が全身を駆け巡った。一瞬フィリナの意識が

飛ぶ。

何？

訳が分からないまま、恐怖感だけがフィリナを襲った。

優しく揉むように陰核を摘まれ、その度に体がビクビクと跳ねる。そして強くグリッと押し潰された瞬間、瞼の裏がチカチカして、呼吸が止まった。

「────っっっ！」

声にならない声を上げて、フィリナは大きく仰《の》け反る。

腹部に力が入って全身が硬直した状態が数秒続き、直後、ピンッと伸びた爪先が力なくベッドの上に落ちると、一気に体が弛緩《しかん》した。

はあはあ……と荒い息を繰り返すフィリナの唇の傷にレヴァンの舌が這わされた。頭に霧がかかっているようで思考がまとまらないフィリナはそれを甘受《かんじゅ》し、ただただ息を整えることに意識を集中して胸を大きく上下させた。

自分の身に何が起きたのか理解できず、フィリナがぼんやりと天井を見つめていると、ふいにレヴァンの指が膣口に触れた。彼の指に愛液が絡みつき、グチュグチュと水音を発する。レヴァンはその濡れた長い指をゆっくりと膣内に挿入した。

異物感に驚いて身を捩ったフィリナを押さえつけ、膣内を確かめるように指を動かす。

時間をかけて、二本、三本と指が増えていく。その度に、フィリナの不安な気持ちも大きくなった。

「これだけ慣らせば大丈夫だな」

独り言のような彼の言葉でこれから何が起きるのかを察したフィリナは、身を起こそうと慌てて下腹部に力を入れるが、強い力で体を押さえつけられて動けなくなってしまった。

フィリナは少しも持ち上がらない体を懸命に捩り、必死に抵抗をする。

「やっ！　やだ！　やめて！」

フィリナの悲痛な叫びが部屋中に響く。しかし、レヴァンの力は僅かにもゆるむことはなかった。

「やっと、フィリナとひとつになれる」

幸せそうなレヴァンの言葉に、フィリナは一気に血の気が引いた。

怯えて震え出す体を叱咤し、なんとかレヴァンの体の下から抜け出そうとする。しかし動いたのはほんの僅かで、すぐに腰を掴まれて強い力で引き戻されてしまった。

「フィリナは俺のものだ」

レヴァンはトラウザーズの前をくつろげると熱い猛《たけ》りを取り出し、亀頭を膣口に押し当てた状態で動きを止め、力強い声で断言した。

フィリナは何度も首を横に振って駄目だと繰り返す。この一線を越えてしまったら、きっと、レヴァンへの気持ちが溢れ出して止まらなくなってしまう。

「嫌あぁっ……………!」

心の中でレヴァンの名前を何度も呼び、フィリナは力を振り絞って抵抗した。けれどやはり、男の力には敵《かな》わない。

指で慣らされただけの狭い膣口を押し広げるように亀頭が挿入された。その焼けるような痛みに、フィリナは全身を強張らせる。

異物を拒むように閉じた膣内に、レヴァンは動きを止めた。

「力を抜け、フィリナ。狭過ぎて入らない」

余裕のない声が上から降ってくる。

痛みで全身が硬直してしまっているのだ。力を抜けと言われても簡単にはできない。入らないのならやめてくれればいいではないか。そのまま抜いて、解放してくれればいい。

そう思うが、彼は諦める気はないようだった。痛がるフィリナの膣口に指を這わせてから、その上にある陰核に優しく爪を立てる。

「…っ……あ……!」

膣口に集中していたフィリナの意識が突然与えられた快感に向けられ、膣のこわばりが少し解ける。その瞬間を狙って、レヴァンはグッと腰を押し進めた。

狭い膣内を抉じ開けるように無理やり押し入ってくる質量のあるそれに、フィリナは小さく悲鳴を上げる。

あまりの痛みに朦朧としてそのまま意識を手放しそうになったが、更なる激痛がそれを許さない。

気絶できたらどんなに楽だろうか。全身を引き裂かれるような痛みに、涙は突然ピタリと止まった。

痛過ぎると泣くこともできないのか。そんな発見も、今のフィリナにはどうでも良かった。痛くて熱くて苦しい。裂けるような激痛で、うまく息ができない。

やがて、レヴァンがハッ…と熱い息を吐いて動きを止めた。

「……全部、入った」

苦しそうな声でつむがれた彼の言葉に、フィリナは絶望を感じた。

レヴァンとひとつになってしまった。ずっと望んでいたことなのに、喜ぶことができない。

次から次に涙が溢れてくる。

レヴァンを受け入れてしまったのは、自分の弱い心のせい。レヴァンとひとつになれて嬉しく思っている自分勝手なこの想いが、レヴァンとフィリナの家族を危険にさらすのだ。

声を出さずに泣き続けるフィリナの目尻に唇を押し当てたレヴァンは、流れ落ちる涙を吸い取る。しかし涙は止まることはなく、フィリナの目もとにレヴァンの唇が何度も降り注いだ。

膣内が熱くて痛い。内臓が押されているような感覚がして苦しい。

体の痛みと心の痛みが混ざり合って全身を侵食する。膨れ上がるこの苦痛が続けば、最後には、フィリナの体は引き裂かれてバラバラになってしまうのだろうか。

「泣くな、フィリナ」

困ったようなレヴァンの声に、フィリナはきつく閉じていた瞼をうっすらと開けた。

人形のように無表情だったレヴァンの顔に、僅かながらにも困惑の表情が浮かんでいる。そう見えるのは、フィリナの思い込みだろうか。

レヴァンはどうしたらいいのか分からないとでも言うように、優しく何度もフィリナの頬を撫でた。

それはいつものレヴァンだった。フィリナを攫って無理やり自分のものにしようとしているレヴァンではない。

優しい彼が戻って来てくれたとフィリナは喜ぶ。

しかし、そう思っていられたのは一瞬だった。フィリナと目が合ったレヴァンがなぜか突然苦しそうに目を細めて、自身の猛りをずるりと膣口ギリギリまで抜き、再び深くまで挿入したのだ。

「……っん……！」

圧迫感と焼けるような痛みにフィリナは息を詰め、眉間に皺を寄せた。腕を突っ張ってレヴァンを押しのけようとしているのに、力が入らず、彼の胸に手を当てただけになった。ズッ…ズッ…と狭い膣内を擦られる度に痛みが全身を襲う。フィリナはそれを和らげるために、レヴァンの動きに合わせて息を吐き出すことしかできない。

フィリナの両腕が力なくシーツの上に落ちる。抵抗をやめたフィリナに気づいたレヴァンは、力なく揺れる両足を持ち上げた。膝が胸につくほど折り曲げ、より深く己自身を挿入する。

「…ぁ……んっ……っ」

深く挿入された分苦しさが増し、フィリナは浅い呼吸を繰り返す。奥に猛りの先端が当たるのが分かった。ツンツンと突かれると、その度に内臓が押し上げられるような感覚がする。

苦しさを紛らわせるために唇を噛み締めると、レヴァンが体を倒し、血の滲んだフィリナの唇を舐めた。膝が折られたままの体勢が苦しくて顔を逸らすと、彼は目の前に現れた耳に齧《かじ》りつく。

「んっ……！」

彼の舌が耳朶の裏側から穴の中まで丹念に舐め上げた。

「……ふぁ…あっ……あ…んっ…！」

くすぐったいような感覚に、フィリナは身を捩る。グチュグチュと大きく聞こえる水音が、フィリナの脳を犯した。

余裕のない動きで激しく膣内を掻き回され、耳を丹念に舐められて、フィリナの下半身にグッと力が入る。その筋肉の動きが、期せずしてレヴァンのものを締めつけることになった。

「……くっ……！」

レヴァンが小さく呻いた。苦しそうに呼吸をしているが、動きは止まることがない。それどころか、更に激しく突き込まれ、フィリナの体が大きく波打つ。

「…や…いた、い……っく、や、ぁだ……！」

膣の奥を容赦なく突かれ、痛みと衝撃で苦痛の声しか出てこない。その声に、レヴァンは少しだけ動きをゆるめた。

「痛いか？」

心配そうなレヴァンの声に何度も頷く。優しいその口調に、止めてくれるかもしれないという期待を抱いた。しかし、

「すまない。止めてやれない」

彼はフィリナの期待を打ち砕いた。上半身を起こし、フィリナの腰を両手でしっかりと掴んで少し持ち上げたレヴァンは、すぐに腰の動きを激しくしたのだ。

より深く突き込まれ、苦しさにフィリナは呻く。

やめてと言おうとレヴァンを見上げたフィリナは、自分を見下ろす彼の瞳が愛おしそうに細められているのに気づいた。彼はもう仄暗い瞳をした彼ではない。レヴァンはいつもの優しいレヴァンに戻っている。

そう確信したら、突然、ぞわぞわとした何かが背筋を這い上がってきた。

「……フィリナ……！」

レヴァンが切なくフィリナの名を呼ぶ。

フィリナはレヴァンに抱きつきたくて腕を伸ばした。するとすぐに、彼は体を倒してフィリナを抱き締めてくれる。

レヴァン……！

力いっぱいレヴァンに抱きつき、心の中で彼の名前を呼ぶ。

その瞬間、お腹の奥底が燃えるように熱くなった。膣内がぎゅうっと収縮するのが分かる。

するとレヴァンは、うっ…と小さく呻き、動きを止めた。同時に、膣の奥に熱いものが叩きつけられる。すべてを出し尽くそうとするかのようにビクッビクッと猛りを震わせるレヴァンをぎゅうっと抱き締め、フィリナは目を閉じた。

レヴァン……レヴァン……

フィリナは、愛しい人の名を心の中で繰り返し、ぽろぽろと涙を零す。

こうして繋がったまま、ずっと一緒にいたい。

レヴァンと離れたくない。強くそう思った。


同刻。

王宮のジェラルドの部屋に、急ぎ足で側近が入って来た。

「ジェラルド殿下。先程、ミュルダール公爵令嬢が行方不明との知らせを受けました」

側近がそう報告すると、ジェラルドは書類から顔を上げて首を傾げる。

「フィリナが？」

「はい。王宮から公爵家に帰る途中で消息不明になったもようです」

それを聞いて、ジェラルドは眉を上げて小さく微笑んだ。

「マヴロスか……」

机に片肘をついてその手に頬をのせたジェラルドは、壁の一点をじっと見つめ、思案する。

「動くなら……今かもな」

ぽつりと呟くと、机をばんっと叩いて立ち上がった。

「テオドール、マヴロスがどこにいるか調べろ。僕はマヴロスの部屋を調べる。ロルフは兵を準備して待機だ」

腹心に指示を飛ばし、彼らが素早く部屋を出て行くのを見届けたジェラルドは、机の一番下の引き出しを開け、質素な木の箱を取り出した。

小さなそれを親指で撫でてから、そっとポケットにしまう。

「証拠は揃っているんだよ、マヴロス」

憔悴《しょうすい》した様子でベッドに横たわるフィリナの髪をレヴァンはそっとすくい上げ、頬、首筋、腕、腰、足と順に優しく触れていく。

フィリナが自分の腕の中にいる。まるで夢のような状況に、レヴァンは彼女の存在を確かめるようにその体に手を這わせた。

「……んっ……」

くすぐったかったのか、フィリナが小さく身じろぎする。しかし目が覚めたわけではないようで、すぐに規則正しい寝息が聞こえてきた。

あどけない顔で眠るフィリナをじっと見つめ、先程までの情事を思い返す。

最後のほうは、フィリナは自らレヴァンに抱きついてきた。やはりフィリナも自分を好いてくれているのだ。そう思ったら、嬉しさで胸がいっぱいになり、気分が高揚した。

幸福感で満たされながら、レヴァンはフィリナの肩に触れる。抱き締めようと触れたそこは、毛布から出ていたせいかひんやりとしていた。

「ハル、フィリナの夜着を用意してくれ。なるべく温かいものがいい」

何もない空間に向かって言うと、少ししてから、余計な飾りは何一つついていない黒一色の服装の男が、音もなくレヴァンの前に現れた。そして女性ものの温かな夜着をレヴァンに渡し、再び闇へと消える。

彼はレヴァンのただ一人の側近だ。王の暗躍部隊の中の一人だったらしい彼は、生まれた時からずっとレヴァンの傍にいた。と言っても、命令をすれば命令どおりに動くだけで、それ以外の時は気配を消してどこかに控えているため、あまり話をしたことはない。彼は、レヴァンの監視役だ。王がレヴァンの行動を把握したくて彼をつけているのである。

レヴァンはフィリナを起こさないように気をつけながら、ハルが持ってきた夜着を羽織らせた。そしてその小さな体を包むように抱き締める。すると、フィリナがレヴァンの胸に頬を摺り寄せた。

無意識なのだろうその仕草が愛しい。ずっと欲しかったぬくもりが腕の中に在る今なら、孤独だった過去を懐かしく穏やかな気持ちで思い出すことができる。

——昔は、部屋の隅でうずくまっているのがレヴァンの日課だった。

王はレヴァンの顔を見るといつも顔を顰め、仮面を外すな、誰にも素顔を見せるな、と言い続けた。レヴァンの素顔を知っている乳母や使用人は、ある日突然レヴァンの前から姿を消し、すべての事情を知るハルだけが残った。

レヴァンの顔を見た人間は、皆レヴァンの前からいなくなる。最初はそれがどうしてなのか分からなかった。

物心がついた頃、レヴァンは王に離宮へと連れて行かれた。そこにいたのがカレンだ。

自分が王妃の子ではないことは使用人たちの言動で分かっていたが、彼女が母親なのだと言われてもぴんとこなかった。彼女と自分の共通点は髪と目の色が黒いということだけだ。

丸い大きな瞳に丸い輪郭、決して美人ではないけれど、ふんわりした雰囲気の可愛らしい人。彼女はレヴァンを見ると、花が咲いたような満面の笑みを浮かべた。そして足早に近づいて来て、仮面を取り払ってしまう。

その行為に慌てて王を見れば、彼は苦虫を嚙み潰したような顔をしていたが何も言わなかった。

「顔をよく見せて、レヴァン」

カレンは両手でレヴァンの頰を包み、間近でじっと見つめる。その目には、大粒の涙が溜まっていた。

「レヴァン、ごめんね。ごめんね」

涙を流しながら、カレンはレヴァンを抱き締めた。その柔らかな感触にレヴァンは固まる。抱き締められたことがなかったので、他人と密着しているという事態に戸惑ったのだ。

それから彼女は何度も謝罪を繰り返したが、なぜ謝られているのか分からなかったレヴァンは、ただぼんやりと立っていることしかできなかった。

王が自らレヴァンとカレンを会わせてくれたのはその一度だけ。その後は、離宮に行くことを禁止された。

しかしレヴァンは、たまにこっそりとカレンに会いに行った。人のぬくもりが恋しかったこともあるが、レヴァンが姿を現すと彼女が嬉しそうに笑ってくれるからだ。レヴァンに向かって優しく微笑んでくれるのはカレンしかいなかったから、その笑顔を見るために会いに行った。

カレンはレヴァンを産んでから体を壊し、ベッドの中で過ごすことが多くなったらしい。それでもレヴァンが行くと、起き上がって笑顔で頭を撫でてくれた。

ある日カレンは、なぜレヴァンが仮面をつけなければいけないのかを教えてくれた。そして、それは自分の心が弱かったからだと言って泣いて謝った。彼女は寂しそうな儚い笑みを浮かべるようになってしまった。そんな彼女を見るのが嫌で、レヴァンの足は徐々に離宮から遠のき、会いに行っても、入り口で一目その姿を見るだけになった。

それから数年後、カレンが逝去した。

素顔を見られないように誰とも接することなく、仮面のせいで陰口を叩かれ続けたレヴァンは、気づいた時には感情というものが分からなくなっていた。

彼女が死んでも涙を流すことはなかった。

けれど、その日は部屋にこもっている気になれず、あてもなく歩き回った後に庭園へと向かった。

迷路のように入り組んだそこは、誰にも会わず、目を背けたくなるような現実から離れて落ち着ける場所であったため、レヴァンはたまにそこで本を読んだりしていたのだ。

そんなレヴァンの憩いの場に、突然、フィリナは現れた。

カレンと顔なじみだったフィリナの祖父が、彼女の葬儀に参列するために城に来ていて、無理やりそれについて来たフィリナは暇を持て余し、庭園に迷い込んだらしい。その時まだ幼かった彼女が大人の集まりに退屈を感じるのは仕方がない。

出会い頭に、フィリナはレヴァンの仮面を叩き落とした。と言っても、わざとではない。背の高い花の群れの中から突然現れると同時にレヴァンの足に自分の足を引っ掛けた彼女は転びそうになり、咄嗟に手を伸ばした先に仮面があったのだ。

仮面を掴まれた上、勢いよく体当たりされて、レヴァンは彼女と一緒に地面に倒れ込んだ。

小さなその体は温かく、心地良い人のぬくもりを感じた。久しぶりに感じるそれに、即座に動くことができなかったレヴァンは、戸惑いつつも自分の胸の上にある彼女の顔を見下ろす。

状況を把握できていない様子の彼女は、ぼんやりとした顔でレヴァンを見つめた。しかし次の瞬間、慌てたように飛び起きる。

それを見て、レヴァンは自分の顔に仮面がないことに気づいた。彼女はきっとレヴァンの素顔を見て恐ろしくなったのだ。王はレヴァンの素顔を見て顔を顰めるし、乳母と使用人はなるべく目を合わせないようにしていた。カレン以外の人間は皆、醜いものでも見るかのようにレヴァンを見ていたのだ。彼女も、彼らのようにこの顔に苦痛を感じたのかもしれないと思った。

しかしそうではなかった。彼女は必死な様子で地面に視線を走らせ、足もとに落ちていた銀色の懐中時計を見つけると嬉しそうに笑った。そしてすぐにそれを拾い上げ、大事そうに撫でた。

彼女はこの顔に恐怖を覚えたわけではなかったのだと安堵したレヴァンは、立ち上がって地面に転がっていた仮面をつける。

すると、どうして仮面をつけるのかと彼女が訊いてきた。

理由を答えることができないレヴァンは、すべて忘れろと言った。けれど彼女は忘れるのは嫌だと拒否し、もう一度顔を見せて欲しいと懇願してきた。

それだけではなく、彼女はレヴァンの素顔をカッコいいと言った。王子様みたいだと言った。好きだと言った。

そんなことを言った人間は初めてだった。レヴァンはどうしていいか分からず戸惑った。カレンの死を悲しめない自分は、心をなくしてしまったのだと思っていた。それなのに、彼女の言葉に、まっすぐにレヴァンを見る瞳に、喜ぶ自分がいた。

フィリナは無邪気に笑いかけてくれた。そして、こういうことがあった、ああいうことがあった、と次々に話題を口にしてレヴァンと会話をしようとしてくれる。

話が変わる度に表情をころころと変える彼女を見ていると、ちっとも飽きることがなかった。顔に表情が表れなくなってしまったレヴァンには、感情のままに表情を変える彼女が眩しく見えた。

彼女が誰かに呼ばれてその場を離れようとした時、帰したくない、と思った。ずっと一緒にいたい、そう思った。

だからレヴァンは、彼女に素顔を見られたことを王に報告しないでくれとハルに頼んだ。彼女をただ一人の人だと決めた。この先、素顔は彼女にしか見せないから、と。

王に報告されてしまったら、彼女はきっと、突然姿を消した使用人たちのように自分の前からいなくなってしまう。そんなことは絶対に嫌だった。

ハルは、初めてのレヴァンの頼みを承諾してくれた。

それ以降、レヴァンは、彼女が住んでいるミュルダール公爵家に通った。と言っても、訪問するわけではない。目立たない位置から、こっそりと屋敷を眺めていたのだ。

本当なら、なるべく近くまで行って眺めていたかったのだが、仮面姿の自分が近づけば目立ってしまう。ただ彼女の姿を見ているだけで良かった。窓辺や庭に現れる彼女の姿を見られるだけで満足だった。

しかし、毎日城を抜け出し、時にはハルを使ってフィリナのことを調べていたレヴァンを、王が黙って見ているはずがなかった。

「ミュルダール公爵家の娘に執心のようだな」

いつもよりも長くフィリナの姿を見ることができて浮かれた気分で城に戻った日、レヴァンの部屋のソファーに深く腰掛けた王が、開口一番にそう言った。じろりとこちらを睨む目は冷ややかだ。

「分かっているだろうな、マヴロス。その仮面を外して素顔を見せてもいいのは、一人だけだ。よく考えて選べ」

それだけ言うと、王は用は済んだとばかりに足早に部屋を出て行った。

分かっている。誰にも素顔は見せるなと言い続けた王が、ある日突然告げたあの言葉。妻になる女性にだけは見せてもいい、と彼は言ったのだ。

たった一人、レヴァンが選んだ愛する人の前でだけは仮面を外してもいいと王が認めたのは、カレンがそう懇願したからだ。

よく考えて選べ、などと言われなくても、すでによく考えて選んでいる。

レヴァンが素顔を見せるのは、妻にするのは、フィリナだ。彼女以外にはいない。

でも、今はまだ、見ているだけでいい。

彼女の姿が見えただけで心臓が苦しくなるようなレヴァンには、彼女と会う勇気なんてなかった。

そんなじりじりとした日々が何年か続き、そろそろ見ているだけでは物足りなくなってきた頃、転機が訪れた。

いつものようにフィリナの様子を見に行くと、なぜか彼女が一人で屋敷の裏口から出て来たのだ。屋敷を抜け出してきたらしい彼女は、こそこそとした様子で街へと向かった。ひそかにその後を追ったレヴァンは、珍しそうに店を見て回る彼女の楽しそうな様子に、自分も楽しい気分になった。けれど不逞の輩が彼女を路地裏に連れ込んだ時は、気分は一転し、激しい憎悪がレヴァンを支配した。

だから手加減ができなかった。汚い手で彼女に触れた男たちを斬り殺してしまったのだ。彼女の目の前で。

ショックで気を失ってしまった彼女を慌てて公爵家へ送り届けたレヴァンは、彼女に嫌われてしまったと思った。焦燥感に駆られ、居ても立ってもいられなくなり、次の日からも毎日彼女の様子を見に行くことにした。

そこで、彼女と再会したのだ。彼女はレヴァンを見て嬉しそうに笑ってくれた。

残念ながら、過去に城で会った時のことは覚えていないようだったが、彼女と湖畔で会う約束を取りつけることができた。カレンが昔、恋人と会うために通っていたと話してくれたその湖は、王宮と公爵家の間にある。静かで、恋人たちが語り合うのに最適な場所だった。

そうして、レヴァンは偶然にもフィリナと知り合うことができた。毎日楽しかった。フィリナの手は温かく、彼女の笑顔はレヴァンの凍りついた心を溶かしてくれる。

このまま二人の距離を縮め、フィリナが十六歳になる日に、自分の身分を明かしてプロポーズをしようと考えていた。心が寄り添っていると感じていた。だからきっとフィリナは承諾してくれると思った。

彼女が頷いてくれたら、仮面を取るつもりだった。彼女になら素顔を見せてもいい。仮面を取って欲しいと言っていた幼い頃の彼女の願いをこの時やっと果たせると思った。

けれど彼女は受け入れてくれなかった。

フィリナがジェラルドの名を口にした瞬間、全身の血が沸騰《ふっとう》したような気がした。それまで関心のなかったジェラルドに、その時初めて、腹の底から溢れ出る怒りを感じた。

あいつがフィリナが好きだと言った時、この世から消してやりたいと思った。

フィリナがあいつの部屋に招かれ、彼女がそれに応じたと知った時、発狂しそうなほどの嫉妬を抑え切れなくなった。だからフィリナを攫って無理やり抱いた。

フィリナは俺のものだ。

ずっと前からそう決まっていた。

後にも先にも欲するものはフィリナだけ。たった一つ、どうしても欲しいと思ったものくらい、手にしてもいいじゃないか。

だから、俺からフィリナを奪おうとする者は、誰であろうと許さない。

傍にいて欲しいと願うだけだった頃とは違う。レヴァンは二度とフィリナを手放す気はなかった。

邪魔をする者は、容赦なく排除するつもりだ。

フィリナを愛するのは、俺一人でいい。

フィリナが想うのも、俺だけでいい。

他の人間はいらない。俺とフィリナ以外の人間は、皆いなくなればいい。

邪魔者は、皆、消えてしまえばいいんだ。

第三章

「ああんっ…ぁ…あっ……!」

四つん這いになって背後から突かれ、フィリナは喘ぎ声を上げる。

浅い場所で出し入れを繰り返すレヴァンのものを中へ誘い込むように、膣内が蠕動《ぜんどう》しているのが分かる。

無理やりフィリナを我がものにしてから、一晩中、レヴァンはフィリナを抱いた。

何度も何度もレヴァンに抱かれ、彼のものが回復するまで体中を愛撫され、フィリナの体は数時間で変わってしまった。触られれば敏感に反応し、愛液を分泌する。自分の意思とは関係なく、体がレヴァンの愛撫を嬉しそうに受け入れてしまうのだ。

乳房と陰核を同時に弄られると、ぎゅうっと膣が締まった。レヴァンの口から熱い息が漏れ、ゆっくりだった腰の動きが速くなる。

「……んあ、ぁあ！　あっ……は、あ、ぁ…」

乳首の周りをくすぐるように撫でられると、もっと強い刺激が欲しくて体が揺れる。それに気づいたレヴァンは、肝心の場所には触れずに、乳房を下から押し上げるように揉み始めた。

わざと乳首には触れず、全体を揉んでは焦《じ》らすようにその周辺を撫でる。しばらくそうやって弄んだと思ったら、今度は痛いくらいに乳首を摘み上げ、ぐいっと引っ張った。

痛みと快感が同時に押し寄せ、自身を支えていた腕の力が抜けて、フィリナの上半身はベッドの上に崩れ落ちてしまう。

「中が痙攣してる。痛いのが気持ちいいのか？」

意地の悪いレヴァンの言葉に、フィリナはぶんぶんと首を振る。

「いいんだろう？　俺のを締めつけて離さないのはフィリナのほうだ」

違う。違う。否定する言葉は声にはならない。レヴァンの指が愛液に塗れた陰核を容赦なくグリグリと押し潰したからだ。

「ぁああっ……んんっ！」

血液が逆流するような快感の波に、フィリナはシーツを摑んで耐える。

レヴァンの白濁を何度体内に受け入れただろうか。もう数え切れないほど吐き出され、その度に膣内がすべてを搾り取るように蠢《うごめ》き、甘い吐息が漏れる。

「…ふぁっ…あ、んぁ……」

ぐっとレヴァンのものが奥へと入った。背後から突かれているせいか、深い挿入に僅かな痛みを感じる。

レヴァンはすぐにそれに気づいたのか、フィリナの体を反転させると、向き合う格好で腰の動きを再開した。

レヴァンは最初に乱暴に抱いてから、フィリナの反応をひどく気にするようになった。

あの時、行為の後に大量の血がベッドに広がっていることに気づいた彼は、無言でフィリナの体を清め、手早くシーツの処理をした。そしてどこからか持ってきた新しいシーツでベッドを整えた。

その短い時間、フィリナは夢を見た。

いつものようにレヴァンと湖畔で談笑し、一番上手にできたお菓子をレヴァンに渡す。レヴァンは嬉しそうにそれを受け取って、フィリナの頭を撫でた。

甘い言葉もないけれど、穏やかに過ぎる優しい時間。それがフィリナの日常だった。そんな毎日がこれからもずっと続くと思っていた。

そしていずれ結婚するなら、レヴァンと——

夢の中では、無邪気にそう思っていられた。しかし、すぐにレヴァンの愛撫によって現実に引き戻されてしまい、残酷な今にフィリナは涙を流すことしかできなかった。

「……あ、はぁん、ん……ぁあ」

レヴァンが乳首を押し潰しながら、膣内に屹立をグチュグチュと擦りつける。そこから全身に広がる快感に流されないように、フィリナは必死に歯を食い縛った。

けれどすでに制御できなくなっている体は、貪欲に快感を貪ろうと、ぎゅうっとレヴァンのものを締めつけ、更なる快感を求める。

「フィリナ…俺のフィリナ」

荒い息とともに、独り言のように漏れ聞こえるレヴァンの呟き。

レヴァンはフィリナを愛してくれているし、フィリナもレヴァンを愛している。それなのに、幸せにはなれない。

「は、あ、ぁあっ！　ん……んぅ…あぁん」

自分よりもまずフィリナをイかせようとしているのか、レヴァンは膣内の感じる部分に目がけて腰を振った。

「誰のことを考えている？」

苦々しげに問われるその言葉に、レヴァンだと心の中で答える。決して声に出せない想いで頭の中をいっぱいにして、フィリナは脳がとろけてしまいそうな快楽に耐えようとぎゅっとシーツを握り締めた。

口に出して呼んでしまえば、胸のうちに隠している想いをすべて吐き出してしまいそうで、頭の中だけでレヴァンの名前を繰り返し呼ぶ。

ググッ…と膣内が狭くなった。レヴァンはきつく狭まった膣内に呻き声を上げたが、動きは少しも休まることがない。ガンガンと容赦なく責め立ててくる。

「俺のものだ。フィリナ…！」

初めての時よりもレヴァンには余裕があった。彼は何かを埋めようとするかのように何度もフィリナの体を求め続け、必ずその言葉を口にする。まるでフィリナの脳内に刷り込むように、繰り返しそう言った。

その度にフィリナは首を振るのだが、彼はそれを不服とでも言うように乱暴に突き立ててくる。我慢しても我慢しても確実に追い上げられ、フィリナの眉間に深い皺が刻まれた。

「…はっ…ん、んっ……ぁ、あっ、あっ……！」

呼吸が浅くなり、苦しげに喘ぎ声が漏れる。グチュグチュと膣内を掻き回される刺激に腰が浮いた。耐えられないほど強い快感の波がフィリナを襲う。

「やぁあっ！　は、あ、んん！」

早く楽になりたくて、フィリナはグチャグチャの心を抱えてきつく目を瞑った。

弱い部分を集中的に突かれ、一気に絶頂に押し上げられる。

「あぁっ、んっぁあっ！」

レヴァンのものをいっそうきつく締めつけ、ぐっと息を詰めたフィリナは、すぐに荒い息を繰り返して両目を腕で覆った。

レヴァンはまだ達《たっ》していない猛りを更に昂《たか》ぶらせ、より激しく腰を動かし出す。

「俺のことだけを考えろ、フィリナ」

命令のような、懇願のような、低い声。

達したばかりの体は、すぐに次の絶頂へと駆け上がる。体が痙攣し、食い縛った歯の間から悲鳴のような声が漏れた。

水音と腰を打ちつける音が大きくなり、絶頂が目前になる。どこか冷静な自分がそれをあっさりと受け止め、早く終わるようにとレヴァンのものを締めつけて射精を促した。

「…っ…あぁぁぁっんっ……！」

「……っ……」

一際高い声を上げて達したフィリナに続き、ハッと息を吐き出したレヴァンは白濁を奥へ奥へと吐き出す。

猛りがピクピクと脈動するのを感じるほど密着しているそこに意識を集中しながら、フィリナは呼吸を整えた。

力をなくすまでフィリナの中に居続けたレヴァンは、白濁を押し返すように一度奥へと挿入すると、ゆっくりとそれを引き抜く。どろりとした液体が膣内から流れ出て、それがシーツの上に流れ落ちた。

ひんやりとした感触にフィリナが身を捩ると、体を反転させてうつ伏せにされた。

汗で濡れたシーツに顔を埋める体勢になったフィリナは、そのまま眠ってしまいたくて、力を抜いて目を瞑る。

しかし、レヴァンの舌がそれを許さない。フィリナの汗を舐め取るように背骨に沿って這わされた。

「……なっ……！」

ビクッと体が跳ねると同時に、フィリナは重い瞼を持ち上げる。休む暇など与えないとでも言うように、ねっとりと背筋を舐められ、過敏になっているフィリナの体はグッと仰け反った。

肩甲骨の形をなぞるように舌が這わされると、熱が再び下腹部に集まっていく。時折、浮き上がったそこに歯が立てられ、小刻みに体が震えた。

「っ……ぁ……ぅ…」

背中が敏感だなんて、レヴァンにこうして触れられるまで思ってもみなかったことだ。一度自覚してしまうと快感は急激に増し、フィリナの思考を散漫にする。

時間をかけて肩甲骨を愛撫したレヴァンは、今度は、脇腹を撫でながらうなじに吸いついた。反射的に首を竦めると、尖った舌先で小刻みに首筋を刺激される。同時に、反った顎を指でくすぐるように撫でられた。

首全体に与えられるじんわりと広がっていくような刺激に、とろりと愛液が溢れ出す。それはレヴァンが先程から散々注ぎ込んだものと混ざり合い、秘部と太ももをベタベタに汚した。

うなじにきつく吸いついていた口が、肩に、背に、下降を始め、むず痒いような快感に身を捩る。やめて欲しいと訴えるが、舌は容赦なく臀部へと向かって下りていく。

尾骨に辿り着くと、舌全体を使ってベロリと何度も舐め上げられた。

「……っあぁ、あっ……ん…」

鳥肌が立つような快感に耐え切れず、フィリナは無理やり体を反転する。直接的な強い快感に比べて、むずむずとした快感はレヴァンの存在を強く意識してしまうのだ。

誰に触られて誰に感じているのか考えたくなくても考えてしまい、想いが溢れ出しそうになる。体の隅から隅まで優しく官能を高めるように愛撫されると、彼の手で感じているのだと思い知らされて、胸が苦しくなるのだ。

「…や、…ぁ、優しくしないで…」

そう訴えると、レヴァンはわざとゆっくりと執拗に愛撫をする。

「今、フィリナを抱いているのは誰だ？」

少しでも嫌がる素振りを見せると、彼はしつこく確認してきた。その問いかけにフィリナは無言を貫き通す。何も言わないフィリナに、レヴァンは繰り返し言った。

触れているのは俺だ、俺の手で感じているのだ、と彼は己の存在を主張する。

言わないで欲しいと何度懇願しただろうか。そんな懇願は無視されると分かっているが、言わずにはいられない。

「俺を受け入れろ、フィリナ」

受け入れたい。けれど、受け入れようとする度に家族の顔が頭に浮かぶのだ。

「俺のことだけを考えろ」

しがらみなんてすべて捨てて、レヴァンのことだけを選べたらどんなに幸せだろう。

フィリナだってレヴァン以外は受け入れたくない。レヴァン以外を見たくない。レヴァン以外のことは考えたくない。本当にそうできたらいいと、何度も思った。

「フィリナはもう俺のものだろう」

そうだと頷いてしまいそうになるのをぐっと堪える。

「こんなに感じているのに違うのか？」

レヴァンだから感じているのだ。他の誰にも、こんなふうにはならないだろう。

「ここは、俺を欲しがっているぞ」

ひくひくと収縮をしている膣口に、レヴァンは背後から屹立を押し込む。

レヴァンの大きなものをすんなりと受け入れるようになってしまったそこは、全部入った途端に嬉しそうに絡みついた。そして更なる刺激を求めて屹立をギュッギュッと締めつけ、奥へ奥へと誘う。

「待て。そんなに急ぐな」

レヴァンは短く息を吐き出し、背後から手を伸ばしてフィリナの顎から頬にかけてするりと撫でた。

求めてはいけないのに、レヴァンを欲しがって体が勝手に反応している。そんな正直な自分の体が恨めしい。そう思いながらも、フィリナはレヴァンの手に頬を擦りつけた。

「動いて欲しいか？」

甘えるようなその仕草を催促《さいそく》ととったのか、レヴァンはフィリナの腰を掴み直す。フィリナは慌ててその手を摑んだ。

「まだ、動かないで」

「こんなに締めつけてくるのにか？」

今動かれたら、理性が飛んでしまいそうで怖かった。しかしレヴァンは、怯えた顔で振り返るフィリナを、目を細めて見つめる。

「それなら、抜くか？」

グチュリ…と卑猥《ひわい》な音を立てて、レヴァンは己のものを引き抜こうとする。すると膣内がそれを引き止めるように一層きつくぎゅうっと締まった。

「抜いて欲しくないのか？」

フィリナは首を横に振って否定するが、膣内はフィリナの言葉を嘲笑うかのように屹立を締めつける。疼く体は、刺激が欲しいと訴えていた。

「体は正直だな」

聞きたくない、とフィリナは首を振る。

体は、この先の快感を知っている。どうすれば感じるのか、どこを突かれれば達してしまうのか散々覚え込まされた。

レヴァンは猛りを抜くことなく器用にフィリナの体を仰向けにすると、フィリナの頬にかかった髪の毛を撫でるようにして払いのけながら、満足そうに言う。

「やっぱり、顔が見えるほうがいいな」

「…はぁ……ああ、ぅん…っ！」

レヴァンが腰を動かすと、ようやく与えられた全身を駆け抜ける快感に、甘い吐息が零れ出す。それを聞いたレヴァンは満足そうにフィリナに口づけ、角度を変えて膣奥を突き上げた。

「あぁぅん……ふ、ぁ…あ…！」

与えられる快感に神経が集中する。

両足を抱えられ、なおいっそう深くまで入り込んだ屹立が奥に突き当たって、そこを抉るようにグリグリと腰を押しつけられた。

「……っっ！」

脳天を突き抜けるような快感が走り、ガクガクと体が痙攣する。

抜き差しするのではなく、グッグッと押しつけるように奥を刺激され続けると痙攣が止まらなくなる。

「あ、あ、やあ……ゃ…」

小さな絶頂が幾度もやってくる。足先にピンッと力が入ったままブルブルと震え続ける体に恐怖を感じた。

このままこの状態が続いたら、きっと頭がおかしくなってしまう。そう思った。

快感に流されてしまう。理性を保たなければいけないのに、絶頂に追い上げられる悦びに体が震えてしまうのだ。

もっと。もっと。そんなことを考える自分がいる。

もっと強く。もっと激しく。

快感で何も考えられなくなる瞬間を知ってしまったフィリナは、満足感が得られる瞬間を欲してしまう。

たとえそれが一瞬だけのものでも、すぐに切なさで胸がいっぱいになることが分かっていても、今だけは何もかもを忘れて、その至福の瞬間を切望してしまうのだ。

その時だけは、レヴァンが自分だけのものだという幸福感がフィリナを支配する。そんな身勝手な自分をレヴァンには知られたくない。

汚い、欲望だらけの自分。

離れなければならないのに、レヴァンを求める気持ちが抑えられない。

心の中で謝罪をしながら、フィリナは腰をくねらせる。するとレヴァンが余裕のない動きでガンガンと力任せに腰を使い始めた。

それが終わりへの合図だと知っている体は、一緒に上り詰めるために彼の動きに合わせて大きく揺れる。

「ああぅん、は、あ、ゃああっ！」

強過ぎる絶頂の波に耐え切れず、悲鳴を上げながら腰を引いた。しかし快感が薄れることはなく、膣奥でドクドクと白濁が吐き出される刺激にまで感じてしまう。

「……んっ……ぁぁ……っん、あ…ぁ…」

ビクッビクッと膣内が収縮する。その度に、レヴァンが低く呻いて腰を押しつけるが、フィリナは惚けたまま、しばらくぴくりとも動くことができなかった。

全身の力が抜け、疲労感で体も頭も重い。

レヴァンはフィリナに口づけると、膣内からずるりと己のものを引き抜いた。そしてフィリナの存在を確かめるようにぎゅうっと強く抱き締め、ぼそりと囁く。

「俺の前からいなくならないでくれ……」

なんとか聞き取れるかどうかの小さな声だった。

レヴァンは、フィリナが離れていくのを恐れているのだろうか。自分のものだと主張しながらも、彼はずっと不安を抱えているということなのか。

「フィリナは俺のものだ」

暗示をかけるかのように繰り返される言葉。フィリナが逃げると思っているのか、抱き締める腕の力は痛いほどに強い。

フィリナは恐る恐るレヴァンの背に腕を回した。脳裏に家族の姿が浮かぶが、無理やりそれを追い払う。

――ごめんなさい。私はレヴァンと一緒にいたい。レヴァンを誰にも渡したくない
……！


レヴァンは、ふと目を覚ました。

そしてすぐに、腕の中の愛しい人の存在を確かめる。

無邪気に眠るその姿が確かにここにあることに安堵したレヴァンは、そっとフィリナの額にキスをした。

彼女の華奢な体を腕に抱き、レヴァンは自分の気持ちが落ち着いているのを感じていた。

夢中でフィリナを貪り、自分だけのものにしたくて気が急いていた先程よりは、随分冷静になったと思う。

愛しい気持ちは膨れ上がっているが、もう焦りはない。

言葉にはしてくれないが、フィリナの体は正直にレヴァンを求めてくれる。想いは通じ合っていると思えるから。

いや、もしかしたら、疲れ切ったフィリナがレヴァンの腕から逃げ出すことはできないと分かっているからかもしれない。フィリナはここから逃げられない。それがレヴァンの安堵に繋がっているのかもしれない。

レヴァンはそっと体を起こすと、ベッドサイドに置いてある布を手に取り、体液で汚れたフィリナの体を丁寧に清める。それが終わると、布と一緒に用意してあった夜着を着せた。

そこまでしても起きる気配がない彼女の唇を食むように口づけをすると、甘い寝息がレヴァンの鼻をくすぐる。

「ん……レヴァ、ン……」

フィリナの眉間に皺が寄り、僅かに開いた唇からレヴァンの名前が零れ出した。起きてしまったかと彼女の顔を覗き込むが、その瞼は開くことはなく、すぐに寝息が聞こえ始める。寝言だったのかと息を吐き出したレヴァンだったが、それが自分の名前だったことに胸が熱くなった。

夢の中でも、フィリナは自分と一緒にいてくれているのだろうか。どんな形でもいい、彼女が少しでも自分のことを考えてくれていたら嬉しい。

レヴァンは、ぐっすりと寝入っているフィリナを抱き締めて寝ようと、ベッドから落ちそうになっていた枕に手を伸ばす。すると、視線の端にベッドの下で丸まっているドレスが映った。

ここに攫ってきた時にフィリナが着ていた黄緑色のドレスだ。脱がせてベッドの脇に放ったままずっとそこにあったのだろうそれは、ところどころが皺になってしまっている。ドレスの周辺には、レヴァンの着ていた服も脱ぎ散らかされていた。

レヴァンはフィリナの体に毛布をかけベッドから降りると、ドレスを拾い上げる。

「ハル」

呼ぶと、闇夜からすぐに音もなく、従者のハルが現れた。ドレスを見下ろしながらレヴァンは問う。

「ドレスはどうやって保管するんだ?」

フィリナ以外でレヴァンが関わった女性はカレンだけだ。カレンとは一緒に住んでいたわけではないので、女性のドレスをどう扱っていいのかレヴァンには分からなかった。

「…………」

ハルが戸惑っている気配がした。

そういえば、彼に質問をするのは初めてだ。レヴァンは、説明を聞くよりもやってもらったほうが早いと思い、ハルに向かってドレスを差し出す。それをハルが受け取ろうとした時だ。ドレスのポケットから、するりと何かが落ちた。

絨毯の上に転がったのは、フィリナが祖父からもらったと言っていた銀色の懐中時計だった。レヴァンはそれを拾い、元に戻そうとポケットに手を入れて動きを止めた。

フィリナがいつもポケットにハンカチと懐中時計を入れているのをレヴァンは知っていた。しかし今、レヴァンの手にそれ以外のものの感触がしたのだ。レヴァンはベッドの上のフィリナが寝ているのを確認してから、手の中にあるそれを取り出した。

かさりと音をたてるそれを見て、レヴァンは目を見開く。手からドレスが滑り落ち、同時に何かを察知したのかハルが姿を消した。すると、

「……レヴァン？」

寝ぼけた声でフィリナがレヴァンの名を呼んだ。ゆっくりと体を起こした彼女は、目を擦ってこちらを見る。

起こさないように静かに動いていたのに、ハルとの話し声がうるさかったのだろうか。レヴァンはフィリナの傍らに腰を下ろすと、眠そうに瞬きを繰り返す彼女の肩を抱いた。

「うるさかったか？」

すまない、と囁くと、フィリナは不思議そうにレヴァンを見上げた。

「誰かいたの？」

「いや……」

ハルのことを話すよりも、今はもっと大事なことがあった。レヴァンは手に持っているものをフィリナの前に差し出す。

「どうしてこれを持っているんだ？」

フィリナは、暖炉の灯りでほんのりと赤く染まった薬包紙を見て首を傾げる。

「何の薬？」

「懐中時計と一緒に、フィリナのドレスのポケットに入っていた」

ポケットに？　とますますフィリナの首が傾いた。

「知らないわ。私はいつもそこに時計とハンカチしか入れていないもの」

嘘を言っている顔ではない。フィリナは何も知らないのだ。

レヴァンは薬包紙を開いた。白い粉からふわりと甘い香りが漂ってきて、それを嗅いだフィリナが首を傾げる。

「この匂い……」

「知っているのか？」

「ええ。ジェラルド殿下の部屋に生けてあったお花の匂いだわ。それに……」

少し考えた後、フィリナは、そうそう…と続ける。

「前にジェラルド殿下が、飼っていた動物たちがよくないものを食べて亡くなったと言って、湖の近くの森に埋葬していたの。少しだけ見えたけれど、毛が抜けて肌に赤い斑点ができていて可哀想だったわ」

「赤い斑点？」

「そう。いくつもあって……。その動物たちから、同じ匂いがしたような気がしたのよね。それで不思議に思って」

フィリナの話を聞いたレヴァンは、手の中のそれをじっと見つめ、しばらく黙り込んだ。

フィリナがジェラルドの部屋に招かれた時から、城から出て来るまで、レヴァンはずっと彼女を見ていた。あの時、フィリナのドレスにこれを忍ばせることができたのは、ジェラルドか彼の部下しかいない。

これがどんな薬かは分からないが、フィリナが誤ってこれを飲む可能性は低い。だったら、この薬包紙をフィリナに持たせた狙いは何だ？

レヴァンが攫わなければ、フィリナは公爵邸に戻るはずだった。とすると、彼女が公爵邸に戻った時に、ジェラルドは何かを仕掛けるつもりだったのか？

そして、もしこれが毒薬ならば、これと同じものを持っていた王も毒を盛られている可能性が高い。

レヴァンはベッドから飛び降りると、脱ぎ散らかしていた服を急いで身に着けた。

「レヴァン？」

驚いた声を上げるフィリナの手を力強く握ってレヴァンは告げる。

「王宮に行って来る」

「え？」

フィリナは零れそうなほどに大きく目を見開いた。レヴァンは優しいキスを落として彼女を宥める。

「すぐに戻るから、フィリナはここで待っていてくれ」

そう言って手を離すと、フィリナの手がすぐに追いかけてきた。

「何をしに行くの？」

レヴァンの服の裾を摑んだフィリナは、不安そうに眉を寄せている。レヴァンはフィリナの手をやんわりと外して彼女の頬を撫でた。

そして足早に部屋の出口へと向かう。その途中、落ちていた仮面を拾って顔につけた。

馴染んだその感触と狭い視界に、気が引き締まる思いがする。

レヴァンはフィリナを振り返り、強い決意を胸に抱いて口を開いた。

「けりをつけてくる」

「レヴァン！」

背後から、呼び止めるようなフィリナの声がしたが、レヴァンはそれを振り切って廊下に出た。

そしてすぐにハルを呼び出し、薬包紙を渡す。

「これを調べるところはないか。この香りは俺も過去に覚えがある」

薬を受け取ったハルは頷き、またすぐに姿を消した。

第四章

そこは、広い庭園だった。

丁寧に手入れされた木々や花々が、計算された配列で並べられている。

まるで迷路のようだと喜んだフィリナは、自分の背丈以上ある黄色い花の群れを躊躇なく掻き分け、奥へ奥へと入り込んだ。

つい先日、おじい様が、愛用していた懐中時計をくれた。おばあ様が好きな薔薇が彫ってあるそれは、フィリナがずっと欲しいと言っていたものだ。まだ六歳のフィリナは、懐中時計を持っているというだけで大人になれるような気がしていた。もう子供ではないと認めてもらえた、そう思っていた。

お気に入りの懐中時計を手に、浮かれた気分で、太陽に向かって伸びる花を見上げながら歩いていると、足に何かがぶつかった。あっと思った時にはすでに、フィリナの体は前に傾いていた。

「……っ！」

転ばないように必死に伸ばした手に、硬い何かが触れる。咄嗟にそれを摑んだフィリナは次の瞬間、どさりと柔らかなものの上に倒れ込んだ。

「痛……くない」

痛いと言おうとして、どこにも痛みがないことに気づく。てっきり地面に打ちつけられると思っていた体は、何かに守られたかのように無傷だ。

ゆっくりと顔を上げたフィリナは、自分の体の下に誰かがいることに気づいた。腕、肩、首…と視線を上げていったフィリナの目に、こちらを見ている少年の顔が映る。

長めの髪の毛の下から覗く切れ長の瞳は、髪と同じ黒い色をしていた。整い過ぎて逆に冷たい印象を与えるその顔は人形のように表情がない。

下敷きにしてしまったことを怒っているのかと、フィリナは慌てて体を起こした。

「あ、おじい様の時計！」

転んだはずみで地面に落ちてしまった懐中時計を足もとに発見し、慌てて拾い上げる。

フィリナが時計についた砂を払っている間に、少年は無言で起き上がり、地面に転がっている白い物体を手に取った。

少年の動作が気になり目で追ったフィリナは、彼が白いその物体で顔を覆ったことに目を見開いた。

「仮面？」

何の装飾もないそれは、仮面舞踏会で使うような仮面ではないだろうと、幼いフィリナにも分かった。

「どうして仮面をつけるの？」

問いかけるフィリナを無視して、少年は服についた砂を払う。全身黒い服を着ているため、汚れが目立っていた。

「今のは忘れろ」

フィリナに背を向けた少年は、くぐもった声でそう言った。

「え？」

「仮面の下の顔は忘れろ。見たことを誰にも言ってはいけない。言ったら大変なことになるぞ」

きょとんと首を傾げるフィリナに、少年は抑揚のない声で忠告した。

「秘密ってこと？」

「そうだ」

忘れろ、と少年は繰り返す。しかしフィリナは頷くことができなかった。

「絵本の中の王子様に似てるのに……。もったいないわ」

毎晩おばあ様が読んでくれる絵本は、意地悪な王様に引き裂かれてしまった王子様とお姫様が、お互いを求めて旅をして、最後は王子様がお姫様を見つけるという内容だった。

お気に入りのその絵本の王子様の顔が、目の前の少年に似ているのだ。

だからフィリナは、忘れろと言われても忘れられなかった。もっと見たいとさえ思う。

「ねえ、もう一度顔を見せて」

フィリナは、無言で立ち去ろうとする少年の服の裾を摑み、仮面に手を伸ばす。

しかし仮面に届く前に、その手は少年によって払われてしまった。

「だめだ」

「どうして隠すの？　仮面をとったほうが絶対にいいのに！」

拒絶する少年の声に被せるように、フィリナは言った。すると少年は、強い口調で言い返す。

「よくない。この顔を見ると父上は嫌な顔をする。隠しておかないといけない醜い顔なんだ」

「醜くなんてないわ。すごくカッコいいもの。私はあなたの顔が好き。だって、王子様みたいだもの」

そう言って無邪気に笑うフィリナに、少年は目を瞠った。そして手で口もとを覆うと、瞳を忙しなくキョロキョロと揺らす。

動揺しているのだろうか。予想外のことが起きたかのようにおろおろとしている姿が面白くて、フィリナは声を上げて笑い出した。


暖炉の前に座ってレヴァンを待っていたフィリナは、はっと目を覚ました。レヴァンに体力を奪われた体は疲れ切っていたため、いつの間にか横になって眠ってしまったらしい。

夢を見ていたような気がするが、内容は思い出せない。

フィリナは体を起こし、小さな窓から差し込む光でぼんやりと明るい部屋の中を見わたした。

「レヴァン……？」

呼びかけても、応える声はない。戻って来ていないのだ。

まだそんなに時間が経っていないのだろうかと、傍らに置いていた懐中時計を覗き込んでみる。レヴァンが城に向かってから、数刻の時間が経っていた。

フィリナは毛布を体に巻きつけ、抱えた膝の上に顎をのせて懐中時計と睨めっこをする。

「遅い……」

時間の経過とともに、不安が募っていく。

レヴァンが持っていってしまったあの薬包紙は何だったのか。なぜフィリナのドレスのポケットに入っていたのか。いつ、誰が入れたのか。

考えれば考えるほど訳が分からなくなる。

そもそも、けりをつけると言っても、何にけりをつけるつもりなのか。あの薬包紙と何か関係があるのだろうか。

それとも、フィリナとのことを伝えに行ったのだろうか。

もしそうなら、ステラ姫との婚約はどうなる？　きっとレヴァンは拒絶するだろう。けれど、王がそれを強行すれば、レヴァンはここへは戻って来られない。

——レヴァンが遅いのは、戻りたくても戻れないからなのでは？

……けれど、それでもよいのかもしれない。とフィリナは思い直した。

レヴァンがステラ姫を選べば、皆無事でいられるのだ。レヴァンもフィリナの家族も、処罰を受けなくて済む。レヴァンの顔を見たフィリナは処罰されることになるだろうが、他はすべて元通りになるに違いない。そう信じたい。

――でも。

どうしても彼を諦められなかった。レヴァンと一緒にいたい。その気持ちが抑え切れず、フィリナは立ち上がり、毛布を放り出す。

そして駆け出そうと一歩足を前に出した時、突然、目の前が黒一色になった。

「……っ！」

驚いて動きを止めたフィリナは、視界を遮るものの正体を知る。

黒いマントで全身を覆った人物が行く手を阻んだのだ。フードを深く被っているため、相手の顔は分からない。けれど、手に持っている剣がフィリナに向けられていることから、危機的状況だということは分かった。

咄嗟に動けずにいたフィリナの前で、その人物はフードを取り去る。

「テオドール様……！」

フードの下から現れたのは、長い前髪で目もとが隠れてしまっている無口な騎士の顔だった。テオドールは無表情でそこに立っている。その様子は、以前一緒に馬車に乗った時とまったく変わらず、剣先がフィリナに向いてさえなければ彼が危険だとは判断できなかった。

「……どうして？」

震える声で問うフィリナに、テオドールは淡々と答える。

「あなたはここで、マヴロス殿下と心中するのです」

何を言っているのかと思った。

フィリナはレヴァンと心中をする気なんてない。レヴァンを守りたいと思っているのに、死ぬ道を選ぶはずはない。

「それはいったいどういうことですか？」

「あなたたちは、王とセドリック殿下に毒を盛った罪を悔いて死ぬのです」

「毒……？」

訳が分からない。王とセドリックは毒を盛られて臥せっているとでも言うのだろうか。

そんなことすら知らないフィリナが、なぜ罪を悔いるのだ。

「私は、毒なんて知りません」

「ええ、そうでしょう。でも、証拠は揃っています」

フィリナが知らないのを認めているのに、証拠は揃っていると矛盾したことをテオドールは言う。これは、誰かの策略なのだろうか。それに自分は巻き込まれているのか。

フィリナはじりじりと後ずさるが、すぐにベッドが踵に当たった。

「あなたたちの仲を邪魔する王とセドリック殿下を、マヴロス殿下が亡き者にしようとした。そんな醜聞が外部に漏れる前に、あなたたちを消せとの命令です」

ジェラルドの命令ということだろうか。

フィリナとの距離を詰めるように一歩こちらに近づいたテオドールの言動からは、感情は読み取れなかった。

レヴァンはそんなことはしない。フィリナはそう信じている。だから、絶対に惑わされはしない。

フィリナは扉へと視線を走らせた。

今は彼から逃げなければいけない。逃げて、レヴァンに今の話を伝え、彼の身の潔白を証明するのだ。

幸いテオドールは部屋の中心部に立っているため、全速力で走れば彼よりも先に扉を開けて逃げることができるかもしれない。フィリナ自身も、ドレスよりも生地の少ない夜着姿で動きやすい。

意を決すると、フィリナは駆け出した。

予想どおり、テオドールよりも先に扉に辿り着く。それを押し開けて廊下へと足を踏み出した、と思ったその時、後ろから強い力で夜着の裾を引っ張られ、フィリナの体は床に倒れ込む。

冷たい床の上で体を縮めて転がったフィリナに、テオドールが素早く馬乗りになった。彼の両足で腰を固定され、身動きが取れない。

テオドールが腕を上げた。振り上げた剣身が妖しく光るのが目に入る。

「いやっ……！」

二度とレヴァンに会えなくなるなんて絶対に嫌だ。

テオドールの下から抜け出そうとフィリナは必死に体を捻る。しかし、彼は体重をかけてフィリナの体を固定し、剣を持っていないほうの手で肩を押さえ込んだ。

「さようなら、フィリナ様」

抑揚のない声で、テオドールが囁いた。その声と一緒に、鋭い剣がフィリナの心臓目掛けて落ちてくる。

もう駄目だと目を瞑った時だった。

ガキンッ……！　と重いものがぶつかる音が響き、フィリナの体からテオドールの重さがなくなった。

恐る恐る目を開けたフィリナの目の前に、全身黒尽くめの男がいた。小柄なテオドールより一回り大きな体をしたその男は、露出を避けるように頭から首までを布で巻いていた。

見えるのは目もとだけという変わった服装の彼が、テオドールの剣を自らの剣で受け止めている。

舌打ちしたテオドールは大きく後ろに跳んで彼と距離を取り、フィリナに剣を振り下ろした時とは比べものにならないほどの殺気を放ち、鋭く問う。

「誰だ」

「我が名は、ハル。マヴロス殿下の側近だ」

答えた黒尽くめの男は、フィリナを守るように隙のない構えで立っていた。その名を聞いたテオドールは、何か思いついたように、ああ…と呟く。

「ハル…？　お前、あいつの弟だな」

ハルは無言だ。それを肯定ととったのか、テオドールは剣を持ち直しながら口の端をくっと吊り上げた。

「お前ほどの男が、なぜ王から離れ、マヴロスについている？」

「…………」

「お前の主に側近はいなかったはずだが……お前が唯一の側近というわけか？」

「…………」

「主から女を守れと命じられたか」

テオドールが一方的に喋り、ハルは微動だにせずそんな彼を見ていた。

二人の会話から、このハルという男がレヴァンの側近だということは分かった。元々王の部下だったらしい彼は、テオドールがすぐに動くことができないほどには、腕が立つのだろう。

ハルがフィリナを守っているということは、レヴァンが彼にそう命じたのだろうか。

じわじわとハルとの距離を詰めながら、テオドールはなおも口を動かす。

「唯一の側近がこんなところにいていいのか？」

返事のないことは分かっているだろうにテオドールが口を閉じないのは、ハルを動揺させようとしているのか、それとも、彼自身がこの張り詰めた空気に耐えられないからなのか。けれど、テオドールが笑みを浮かべているのが気になった。

もしかしたら彼は、この状況を楽しんでいるのかもしれない。命のやり取りを楽しむという神経はフィリナには理解できないが、彼は確かにこの状況を面白がっている。

ぺろりと唇を舐めたテオドールは、次の瞬間には飛ぶような動きでハルとの距離を一気に縮めた。

ハルの首めがけて振り上げられた剣は彼の剣で軽くいなされ、それが楽しくて仕方がないというように、テオドールは次々に打ち込んでいく。

キンキン……！　と剣がぶつかり合う音が響くが、あまりにも速いその動きにフィリナはついていくことができない。

今のうちに立ち上がろうと床に手をつくが、指先が小刻みに震えているのに気づいた。それを見て、殺されそうになった恐怖がよみがえってくる。

殺意を向けられるなんて考えたこともなかった。それも、訳の分からない理由で。

突きつけられた剣先を思い出し、フィリナは自分の体を両手で抱き締める。

「やっぱり強いな、あんた」

ハルから距離を取ったテオドールが、ぽつりと呟いた。その声に、呆けている場合ではないと我に返り、フィリナは震える膝に力を込めて立ち上がる。

ふらりと立ち上がったフィリナを横目で見たテオドールは、何を思ったか、胸もとで構えていた剣を一度下ろした。そして軽い身のこなしでハルに回し蹴りを繰り出す。ハルがそれを飛んでかわすと、テオドールはハルではなくフィリナに向かって突進してきた。

それまで息を乱すことなく剣を振るっていたハルは、慌ててフィリナの前に身を滑り込ませる。しかし、標的をフィリナに絞ったらしいテオドールは、障害物をどかすようにハルに向かって肘を繰り出した。

その攻撃をハルは腕で受け止める。ガッ……！　と骨と骨がぶつかり合うような音がした。

そしてハルの体が僅かに横にずれる。すかさず、ハルの後ろにいたフィリナにテオドールが剣を振り下ろした。

慌てて体を反らし紙一重で避けられたが、ふわりと舞い上がった髪の毛をいくらか切り落とされた。少量の髪の毛が床に落ちていくのを目で追っていたフィリナに、ハルが叫ぶ。

「……っ……！」

「お逃げください、フィリナ様！」

フィリナを守りながらでは不利だと悟ったのか、ハルはフィリナが逃げる時間を稼ぐように、休む間もなく次々にテオドールに攻撃を仕掛ける。

自分が足手まといなのは分かっていた。フィリナは二人とは反対側に駆け出すが、廊下の突き当たりまで走って角を曲がったところで、足を止めざるを得なくなった。

古城とは言っても、ここは要塞だったらしい。複雑な造りになっていて、この城の構造を知らないフィリナは先に進むことに恐怖を感じた。

しかし、ここで止まっているわけにはいかない。テオドールはフィリナを狙っているのだ。

フィリナは、震える足を必死に動かして先へ進んだ。

曲がり角が多い廊下を闇雲に進むと、螺旋階段があり、その先には細い廊下が続いていた。敵が易々と侵入できない、できたとしても剣を振り回すことが困難な造りになっている。

懸命に足を動かし、息を切らしながら、やっと外へと通じる重厚な扉を見つけた。あそこに行くには、左手にある階段を降りなければいけない。フィリナは、なだらかにカーブを描いている幅広い階段を駆け下りた。

ところが、何段か下りたところで、突然ふくらはぎに熱が走った。それがテオドールが投げた短剣がかすってできた傷の痛みだと気づいたのは、後ろで争う音がしたのと、階段の端に刺さった短剣が見えたからだ。

フィリナは痛みを堪え、体勢を立て直そうと踏ん張った。しかしそのせいか右足の踵が階段からずり落ちる。そしてそのままゴロゴロと階段を転げ落ちてしまった。

それは一瞬の出来事だった。気づいた時には、フィリナの体は冷たい床の上にあった。倒れた時に頭を打ってしまったらしく、意識が遠のく。しかしすぐに、全身に軋むような痛みが走り、それが朦朧とする意識を繋ぎとめた。

「フィリナ様……！」

ぼやける視界の中で、ハルが吹き抜けとなっている二階から手すりを飛び越えてきた。そして難なく着地した彼は、フィリナの体を抱き起こそうと手を伸ばす。しかし彼の手はフィリナには届かなかった。

ハルと同じように飛び降りてきたテオドールが、フィリナに剣を向けたのだ。それを素早くハルの剣が弾き、再び睨み合いになる。

「こんなことをしている間に、お前の主は捕まって殺されているかもな」

テオドールはさも愉快だと言わんばかりに喉の奥で笑った。その言葉に反応したのは、ハルではなくフィリナだった。

「そんな……！」

レヴァンが捕まって殺される…!?

脳裏に力なく横たわるレヴァンを想像し、フィリナは弾かれたように立ち上がった。くらりと眩暈《めまい》がしてふらつきはしたが、動けないほどではない。

フィリナは、レヴァンを守りたいという一心で扉へと駆け出す。

短剣がかすったふくらはぎからは血が少し流れ出していたが、レヴァンが危ないと思ったら体の痛みなど感じなかった。重厚な扉を全身を使って押し開け、隙間から外に飛び出す。

途端に、痛いほどの寒さが薄着の肌に突き刺さった。強い風が雪を舞い上げ、辺り一面真っ白で何も見えない。それでもフィリナは、素足のまま雪の上に足を踏み出した。

レヴァン！　どうか無事でいて！

その一心で、フィリナは雪の中を進んだ。

「お待ちください！」

後ろからハルの声が聞こえたが、振り返ることなく走った。雪は容赦なくフィリナの素足に絡みつき、冷気が全身を襲う。このままだと凍えてしまうだろうと分かってはいるが、戻る気にはなれなかった。

気を失っている間に古城に連れて来られたフィリナは、ここから自分の住む街までの距離すら分からない。吹雪のせいで、今自分がいる場所も分からない。それでも、彼に会いたくて一心不乱に足を動かし続けた。

考えなしの無謀な自殺行動だ。分かっている。分かっているけれど、進まずにはいられなかった。レヴァンが殺されてしまうと思ったら、居ても立ってもいられなかった。

レヴァンがいなくなってしまったら……。そう考えるだけで、恐怖に全身が凍りつく。

レヴァンが幸せなら、相手が自分じゃなくていい。彼が穏やかに暮らしていてくれれば、それでいい。

彼の存在があるからこそ、フィリナは幸せなのだ。レヴァンが好きだという気持ちだけで、フィリナは強くなれた。

レヴァンを守りたい。胸が引き裂かれるような思いをしても砕け散ることがなかったのは、その気持ちが強かったからだ。

絶対に殺させない。私がレヴァンを守る。この身を犠牲にしても、絶対に。

しかし進むにつれ、だんだん足が上がらなくなってきた。手足が凍え、顔も痛みを通り越してすでに感覚がない。

レヴァンのもとへと心は強くそう思っているのに、足がもつれてフィリナの体は雪の上に倒れ込んでしまう。

全身が雪に埋もれ、皮膚を突き刺すような冷たさを一瞬だけ感じた。しかし徐々に体温を奪われ、何も感じなくなる。

階段から落ちて頭を打ったせいだろうか。まだ進めるはずなのに、体が思うように動かない。まるで重い荷物を背負っているかのように雪の中に沈んでいく。

ああ、駄目。行かないと。レヴァンが危ない。

彼を守りたいのに、体が動かない。

こんなことなら、レヴァンにきちんと気持ちを伝えておけば良かった。一言、好きだと伝えていれば、こんなに後悔することはなかったのに。

重く動かない手足に力を入れて立ち上がろうとするが体は動かない。瞼を閉じないようにするのが精一杯だった。

そして完全に瞼が落ちるその時、遠くから小さな声が聞こえた。

「フィリナ……！」

幻聴かと思ったが、またすぐに彼が自分を呼ぶ声が聞こえる。

「フィリナ！」

フィリナは重い瞼を押し上げ、声がするほうに顔を向ける。すると、横から雪が叩きつける真っ白な視界の中に、愛しい人の姿が映った。


数刻前。フィリナがレヴァンの帰りを待ちながら暖炉の前で眠りに落ちようとしている頃。

中央に大きなベッドが鎮座した、寝るためだけに作られたような簡素な部屋の中で、レヴァンはそこに身を沈めている人物を静かに見下ろしていた。

「マヴロスか…」

しわがれた声が、レヴァンの王子としての名を呼んだ。サイドテーブルの上に置かれた花瓶に黄色の花が生けられている。甘さの中にほろ苦い匂いがあるその花と同じ香りが、男の口から微かに漂ってきた。

　げっそりとこけた顔に僅かに笑みらしきものを浮かべた男は、ゆっくりと手を伸ばしてレヴァンの仮面を取った。

「……本当にお前は、あいつに生き写しだな。カレンに似ているのは目と髪の色だけだ」

　レヴァンの素顔を眩しそうに見つめ、愛おしそうな、悲しそうな表情で男は目を伏せた。男はこの国の王であると同時に公にはレヴァンの父親である。亡き母は彼の側室だった。王付きの侍女だった母は、レヴァンを妊娠すると同時に側室になったそうだ。

「マヴロス……すまなかった。私がカレンを側室にしなければ、お前は仮面をつけることもなかったのに……」

　王は、痩せ細り落ち窪んだ眼窩《がんか》に涙を溜め、レヴァンに謝罪した。

　病に臥せって気弱になっているのだろう。傲慢で独裁的だったこの男からそんな言葉を聞いたのはこれが初めてだ。

　別に謝って欲しいわけではないし、弱った姿を笑いに来たわけでもない。ただ、邪魔なものを切り捨てに来ただけだ。

「カレンを守るとあいつと約束したが、守るだけならカレンとお前を安全な場所に住まわせればいいだけのことだった。そうすれば、お前は不自由な思いをしなくて済んだ」

懺悔のつもりだろうか。彼は涙を流しながらレヴァンの手を握る。

「あいつと同じ顔をカレンに見せたくなかった。それに、お前が私の子じゃないと知られればカレンを傍に置いておけない。それが嫌だった。私はただカレンを閉じ込めて、自分ものにしたかっただけなんだ。すまない、マヴロス」

すまない…と繰り返される謝罪をレヴァンは首を振って止めた。

確かにこれまで、レヴァンは不自由を強いられた。素顔を誰にも見せてはいけないと仮面をつけられ、王の子供ではないことを隠し通すために人と接することを極力避けた。けれど、フィリナと出逢えた今となっては、それは些細なことだった。彼女さえ手に入れば、過去なんてどうでもいい。

レヴァンは握られた手を離すと、ポケットから薬包紙と小瓶を取り出し王に見せた。

薬包紙はフィリナのポケットに入っていたもので、小瓶はあるところに寄って取ってきたものだ。

「この小瓶は、ある部屋の小箱から出てきたものだ。解毒剤である可能性が高いと俺は思っている」

飲んでみるか？

試すようなレヴァンの言葉に、王は笑みを浮かべた。

「このままだと、どうせ死ぬ身だ。毒か薬か、二つに一つ。運を試すのにはもってこいだな。王には運の強さも必要だ」

言って、王は何の躊躇もなく小瓶の中の液体を呷った。レヴァンは、彼がとりあえず死んではいないのを確認してから、素顔を隠すための仮面をつけた。そして淡々とした口調で言う。

「俺はきっとあなたと同じだ。大切な人と一緒にいるためなら、何を犠牲にしてもいいと思っている。この国がどうなろうと関係ない。だからすべてにけりをつけたら、誰が何と言おうと俺は彼女と結婚する。そのために、あなたと取り引きをしたい」

王は一瞬驚いた顔をしたが、すぐに穏やかに微笑んだ。


「マヴロス」

王の寝室を出てすぐのところで、廊下の壁にもたれるようにして立っていた男がレヴァンを呼び止めた。金色の髪の毛を揺らし碧色の瞳をまっすぐこちらに向けた彼を見て、レヴァンは足を止め、ジェラルドと似た容姿の彼の名を呼ぶ。

「セドリック」

「今日は足を止めてくれるんだな」

垂れ気味の目尻を更に下げ、セドリックは嬉しそうに笑った。

臥せっているはずの彼が、元気な姿でここにいる。目を眇めてセドリックを見るレヴァンに、彼は両手を広げて見せた。

「見てのとおり、健康体だよ」

病気のフリをしていたのだと、彼は言う。

そうだ。兄弟の中で一番頭の切れる彼が気づかないわけがない。彼を煙たがっている人間がいることに。

彼はきっと、すべてお見通しなのだ。だからレヴァンの前に現れたのだろう。

「王の寝室の人払いをしたのはお前だろう。俺が来ることが分かっていたんだな」

レヴァンがそう断言しても、セドリックは微笑むだけで肯定も否定もしない。

摑みどころのない彼に小さく溜め息を吐き、レヴァンは早くフィリナのもとに戻ろうと歩き出した。すると、

「昔…君が生まれる前、父上には二人の友人がいたんだ」

突然、セドリックが語り出す。

「一人は、父上の側近だった男。もう一人は、王の世話をしていた侍女だ。王の執務室で、

三人はよく楽しそうに話をしていたよ」

彼がなぜそんな話をし始めたのか分かったレヴァンは、足を止めて振り返る。

「今でも覚えているよ。君が生まれる数ヶ月前、視察のために隣町に向かっていた父上たちは落石に遭って、父上を庇った側近、マティアスが命を落とした。それからすぐに、父上は君の母上を側室にしたんだ」

セドリックはすっと腕を伸ばすと、レヴァンの仮面の輪郭をなぞるように宙で指を動かした。

「マティアスは、くっきりとした二重瞼に切れ長の瞳の、人形のように整った顔をした人だったよ」

「だから何だ？」

抑揚のない声で問うレヴァンに、セドリックはにっこりと微笑んで見せる。

「……いや。マティアスは冗談を言っては皆を笑わせるような陽気な人で、僕は彼が大好きだったと言いたくて」

「俺には関係ない」

「そうだね。僕には、マティアスと君の母上が恋人同士に見えたんだけど……それも関係ないよね」

この男はどこまで知っているのか……。きっと、すべて知っているのだろう。知っていて何も知らないふりをしている彼こそが一番王に向いているとレヴァンは思う。

「これからどうするつもりなんだ？」

先を見越しているだろうに、セドリックはそんなことを訊いてきた。レヴァンは彼から視線を逸らさずに答える。

「邪魔なものを排除する」

「国を捨てるのか」

「国は俺を必要としていない」

吐き捨てるように言ったレヴァンが再び歩き出すと、セドリックはわざとらしくぽんと手を打った。

「そうそう。ジェラルドが君の部屋に入っていたよ。ジェラルドに付け込まれるのなんて分かっているくせに、なんで王宮の私室を空《から》にしたのさ。彼は君の隙をずっと狙っていた。このままだと、彼にまんまと罪をなすりつけられるよ？」

くすりと笑うセドリックを睨むように見て、レヴァンは答える。

「フィリナと二人きりになる必要があった。他のことはどうでもいい」

「じゃあなんで今ここにいるんだい？」

「フィリナが巻き込まれそうになっているからだ」

他に理由はない。とレヴァンが言い放つと、セドリックは面白そうに眉を上げた。そして彼はにやりと笑い、廊下の先を指し示す。その先にあるのは、城の出口だ。

「ジェラルドが兵を待機させてる。君のお姫様は一人でいるんだろう？　早く戻ったほうがいい」

その言葉に、レヴァンは考えるよりも先に素早く身を翻した。

そんな大事なことを先に言わないなんて、やはり彼は狸だ。


セドリックの忠告を聞き、レヴァンは急いで古城へと戻った。

門の前で、仮面を取る。フィリナの前では素顔でいていい。その事実がレヴァンの気持ちを浮上させた。

裏口から中に入り、足早に寝室に向かったレヴァンは、その扉が開いていることに気づいた。しかもその手前に亜麻色の髪の毛が落ちているのを発見し、慌てて部屋の中へ駆け込む。

薄暗い部屋の中にフィリナの姿はなかった。しかし暖炉の前に、毛布と一緒に銀色の懐中時計が転がっていた。

フィリナが肌身離さず持っているはずのそれがこんなところに落ちているなんて、やはり彼女の身に何かあったのだ。

レヴァンは胸ポケットに懐中時計をしまうと、急いで部屋を出る。ハルを呼ぶが彼も現れる気配がなく、まさかと思い城の出入り口へと向かった。そこでレヴァンは、外に続く扉が開け放たれているのを見つけた。

吹きつける雪が積もったそこから、肌を刺すような寒さが入り込んできている。

この吹雪の中、出て行ったのか？

レヴァンは階段を駆け下り、その途中でかすかな血の跡を見つけた。それは階段から扉へと続いていて、確かに誰かが外に出て行ったのだと教えてくれる。

フィリナにはハルがついているから大丈夫だ。そう自分に言い聞かせても、底知れない不安が襲ってくる。

レヴァンは雪の中へと飛び出した。

吹雪が足跡を消してしまっているかもしれないと思ったが、まだうっすらと残っている。

しかし、フィリナの小さな足跡以外にも二つあった。そのうちの一つはハルだと分かるが、もう一つは誰のものだろう。大きさからすると、男のものだ。

ジェラルドが誰かを送り込んできたのか。

足跡を辿りながら、レヴァンはフィリナの無事を祈った。

焦って足がもつれ、何度も転びそうになるが、それに耐えて僅かに残るフィリナの足跡を追う。横から吹く強い風で雪が舞い上がり、視界は真っ白だ。

その白い世界の中に、黒い二つの影を見つけた。

「ハル！」

レヴァンが声を張り上げると同時に、二つの影が重なる。そして次の瞬間、片方の影が雪の中に沈んだ。

レヴァンは目を凝らして、立っているほうの人物を見る。

「すみません。少し手間取りました」

目もと以外を布で覆った顔が、レヴァンに向けられた。申し訳なさそうに謝るハルに、レヴァンは問う。

「何があった？」

「ジェラルド殿下の側近が、フィリナ様を襲いました」

ハルの視線の先には、首から血を流して倒れているテオドールの姿があった。レヴァンはそれを一瞥すると、ぐっと拳を握り締める。

「フィリナは？」

「マヴロス殿下が殺されると聞き、城を飛び出しました。すぐに追ったのですが、足止めをくってしまい……」

最後まで聞かず、レヴァンは走り出す。

逸る気持ちを抑え、とにかく急いだ。フィリナの足跡を見逃すまいと目を見開き、冷たい雪に足をとられ、体力を奪われながらも必死に前へ前へと進む。

何度名前を呼んでも返ってくる声はなく、不安で胸が押し潰されそうになった。

しばらく進んだところで、追い求めたその姿を視界に捉える。瞬間、全身の血が一気に引いた。

「フィリナ……！」

フィリナの小さな体が、雪の中に横たわっていた。

レヴァンは慌てて駆け出した。彼女の無事を確認したくて一心不乱に足を動かす。

フィリナのもとに辿り着くのに、長い時間がかかったような気がする。触れられる距離まで近づいたレヴァンは、崩れ落ちるように座り込んだ。

すぐに手を伸ばしてフィリナの頬に触れる。血の気の失せた白い頬はひどく冷たく、彼女を失う恐怖で背筋が凍りついた。

蒼白のフィリナは力なくぐったりとしていて、最悪な事態が頭を過ぎる。

レヴァンの体はいつしかガタガタと震え始めた。そして、いつの間にか溢れ出していた涙が一粒、フィリナの頬に流れ落ちて、レヴァンは自分が泣いているのだと知る。

レヴァンは溢れ出す涙を手の甲で拭い、フィリナの体を抱き起こした。雪で濡れてしまっている夜着が、彼女の体温を容赦なく奪っていくのが分かる。

「フィリナ……?」

恐る恐る呼びかけたレヴァンに応えるように、フィリナの瞼がピクリと震えた。

急いで冷え切ったその体を抱き締める。すると、フィリナの瞼がゆっくりと持ち上がった。

「フィリナ!」

フィリナの青い瞳が、レヴァンの姿を映し出す。しかしそれは一瞬のことだった。すぐに瞼は閉じられ、再び生気のない顔に戻ってしまう。

レヴァンはすぐにフィリナを抱き上げ、来た道を急いで戻った。

頼む。フィリナを連れて行かないでくれ!

走りながら、心の中で繰り返す。神に祈ったのは初めてだった。何かを欲したのも、失いたくないと思ったのも、フィリナだけだ。腕の中の重みが、レヴァンのすべてなのだ。

城に着き、急いで寝室に入ると、レヴァンは濡れたフィリナの夜着を脱がせ、ハルが用意した薬で彼女の足を手当てした。そして自らも服を脱ぎ捨ててフィリナを抱え、暖炉に新しい薪をくべると、その前で一緒に毛布にくるまる。

冷えた彼女の体温を上げるために、腕や足を優しく揉んだ。根気よく擦り続けると、次第にフィリナの頬に赤みがさしてきて、強張っていた筋肉も解れていった。

ほっと息を吐くのも束の間、レヴァンは、華奢な体に散る無数の紅い花びらを見て、今朝目が覚めた時の満たされた気持ちを思い出した。

あの気持ちを過去のものにしたくない。早く目を覚まして、レヴァンを見て欲しい。笑って、名前を呼んで欲しい。

フィリナが笑ってくれるなら何でもしたい。そのためなら、何を犠牲にしてもいい。

レヴァンは、フィリナに対する気持ちがどんどんと膨らんでいくのが分かった。出逢った頃よりもっと、昨日よりももっと、レヴァンはフィリナを欲している。

フィリナを幸せにできるのは自分しかいない。そして、レヴァンを幸せにできるのはフィリナしかいないのだ。

これから何があろうとも、レヴァンはフィリナを手放す気はなかった。

第五章

温かい何かに包まれ、フィリナは優しく背中を撫でられていた。

子供の頃に父や母がしてくれていたように、優しく愛しげに抱き締めてくれる腕。背中を擦ってくれる大きな手。

誰……？

重い瞼を持ち上げると、視界がぼやけていた。もう一度目を瞑って再び開けようとすると、唇に柔らかい感触があった。その直後、口の中に温かな液体が流し込まれた。白湯だろうか。そう思いながら反射的にそれをこくりと喉に流し込むと、体の中からじんわりと温まった。

フィリナは、瞼をゆっくりと待ち上げた。すると、心配そうにこちらを見下ろしているレヴァンの顔が間近にあり、その近さに一気に目が覚める。

目が合うと、レヴァンの切れ長の瞳が細められた。相変わらず目から下の筋肉はほとんど動いていないのに、その顔は嬉しそうに見える。

「レヴァン……」

愛しいその名前を呼ぶ声は、弱々しく響く。

自分が思っている以上に衰弱しているようだ。会えて嬉しい。それを伝えたいのに、体を動かすのが億劫で抱きつくこともできない。

レヴァンの膝の上に座った状態で彼の胸にもたれているらしいことに気づくと、フィリナは安心して全身を預けた。

するとレヴァンは、何も言わずにぎゅっとフィリナを抱き締めた。レヴァンの胸に顔を埋める形になったフィリナは、それが素肌だと気づき、驚きで目を見開く。

すぐに思い出した。自分は雪の中で動けなくなったのだ。そしてそこにレヴァンが現れた。

――私の体が冷え切っていたから、温めてくれていたの？

全身で直にレヴァンの体温を感じているということは、自分自身も裸なのだと思い至り、フィリナは顔を赤くする。

「フィリナ……無事で良かった」

フィリナを抱き締める腕に力を込め、レヴァンが囁いた。その言葉で、気を失う前に何があったのかを思い出す。

そうだ。テオドールが突然現れて、襲われて、レヴァンの側近だと言う人に助けられて……。

「レヴァン、ハルっていう人は…？」

無事なの？　と目だけでレヴァンを見上げると、彼は小さく頷いた。

「ああ。フィリナを守り切れなくて申し訳なかったと言っていた」

「そんな…。あの方は私を助けてくれたわ。勝手に雪の中に飛び出した私が悪いの」

「いや。俺がフィリナから離れたのが悪かったんだ。すまない。怖かっただろう？」

レヴァンが謝ることではないと言いたいのに、あの時の記憶がよみがえり声が出ない。怖かった。もう二度とレヴァンと会えないと思ったら、凄まじい恐怖を感じた。フィリナは震える手をレヴァンへと伸ばす。

「ジェラルド殿下の側近のテオドールという人だったわ。あの人、レヴァンが毒を使って王とセドリック殿下を殺そうとしたって……。その罪を悔いて二人で心中しろって言っていたの」

レヴァンはフィリナの手を取ると、震えを抑えるように強く握った。

「大丈夫だ。罪を悔いるのは俺たちじゃない」

大丈夫だとレヴァンは繰り返した。その言葉を聞いているうちに、不思議と不安が消えていく。

レヴァンが大丈夫だと言うなら大丈夫なのだ。そう思えた。

あの時は怖かったけれど、今、こうしてレヴァンに会うことができた。感じた恐怖の分、嬉しさも大きい。

今自分はレヴァンの腕の中にいるのだと思うと、喜びと安堵で涙が溢れてきた。

フィリナはレヴァンの裸の胸に頬を擦りつけた。そうやってしばらく無言で抱擁を交わした後、レヴァンがそっと体を離す。

「気分は悪くないか？」

心配そうな口調で訊いてくるレヴァンは、気を使っているのか、フィリナの顔より下は見ようとしない。

テオドールの短剣で斬られた足に包帯が巻かれているが、その他には目立った怪我がないことを確認して、フィリナはゆっくりと手足を動かしてみる。

「少し、動きが鈍いみたい。かじかんでいる感じ…」

「そうか。……まだ体が冷たいな」

するりと首筋に回された手の感触に背筋があわ立つ。フィリナはくすぐったいようなその感覚に身じろぎした。

まだだるいけれど、だんだん体が動くようになってきている。レヴァンの胸にそっと手を当て、彼の無事を改めて確認したフィリナは、そういえば…と顔を上げる。

「王宮に何をしに行ったの？」

レヴァンはフィリナの背を撫でながら答える。

「調べることがあったんだ。それと、王に用事があった」

王。その言葉を聞いて、フィリナは思わず強くレヴァンの腕を掴んだ。

「王に会った？」

「会って話をした」

焦るフィリナを不思議そうに見つめ、レヴァンは頷いた。

王と会って話したということは、もしかして……。

「婚約の話をしたの？」

「ああ」

レヴァンはあっさりと認めた。政略結婚の話を聞いてしまったのだ。

「結婚、するの？」

　震える声でフィリナは尋ねた。他国の姫との婚約話を聞かされて、レヴァンはどう思っただろうか。

「ああ、結婚する」

　レヴァンはしっかりと頷き、フィリナの手を取った。

「…………そう」

　予想外の言葉に、フィリナは冷水を浴びせられたような気分になった。

　なんて滑稽なのだろう。

　レヴァンは自分を選んでくれるに違いないと、勝手に彼の気持ちを決めつけていたのだ。

　そんな自分にあきれ果てる。

　自己嫌悪で泣きそうになっているフィリナに、レヴァンが静かに言う。

「嫌なのか？」

　レヴァンが自分以外の人と結婚するなんて、嫌に決まっている。

　だけど、嫌だと言う資格なんてない。

「嫌だと言っても、もう決まったことだ。この結婚を取りやめることはできない」

　それは分かっている。国同士利益のための婚姻なのだ。簡単には破棄できないだろう。

けれど、フィリナはレヴァンの素顔を見てしまった。彼の素顔を知っているフィリナは、幽閉でもされるのだろうか。そして彼は自分以外の人間にその顔を晒すのか。そう考えたら、うまく呼吸ができなくなった。

自分はレヴァンを守るためにそうなることを望んでいたというのに、実際にレヴァンが誰かのものになると聞かされたら、叫び出してしまいたいほどにショックで、今まで感じたこともないような嫉妬心が湧き上がってくる。

「フィリナ……」

俯いて肩を震わせるフィリナの頬に手を添え、レヴァンはそっと顔を上げさせた。

レヴァンの顔を見たら泣き出してしまいそうで、フィリナはぎゅっときつく目を瞑る。

「どんなに嫌がられても、俺は手放してやれない」

苦しそうに掠れたその声は、引き結ばれたフィリナの唇をくすぐった。

「俺のものだ、フィリナ。これから一生、フィリナは俺から離れられない」

言い終わらないうちに、レヴァンの冷たい唇がフィリナのそれを塞ぐ。キスをされているという驚きで、彼の言葉の意味を考えることができなかった。

レヴァンは啄《ついば》むように何度も唇を重ねながら、フィリナの体をきつく抱き締めた。まるで、『離さない』と言っているかのように、彼は己の腕の中にフィリナを閉じ込める。

合わせる。

は、またすぐにキスを交わせるほど近い距離で、うっすらと開いたフィリナの瞳と視線を

レヴァンの唇が僅かに離れた瞬間を狙い、フィリナは彼の名を呼んだ。するとレヴァン

「レ、ヴァ…ン……?」

きっぱりとそう言い切ると、彼はキスを再開しようとした。

「嫌だと言ってもやめない」

「ちが……!　違うの!」

フィリナは慌てて否定する。

「嫌じゃないの。でも、どうしてキスをするの?　レヴァンは、ルウェーズ国のステラ姫と結婚するんじゃないの?」

他の人と結婚するのに、どうしてキスするの?

目を潤ませて責めるようにレヴァンを見るフィリナに、レヴァンは戸惑ったように双眸《そうぼう》を揺らして眉を寄せる。

「何のことだ?」

不思議そうな顔は、とぼけているわけではなさそうだった。

「だって、ジェラルド殿下が——」

フィリナはジェラルドが言っていたことをレヴァンに伝えた。

レヴァンとルウェーズ国の姫との婚約話があること。婚約話を断れば反逆ととられて、自分たちだけではなく家族まで処罰されてしまうかもしれないと言われたこと。

フィリナはレヴァンを守りたかった。同じように家族も守りたかった。両方とも絶対に失いたくなかった。だから、レヴァンの想いを受け入れることができなかった。

すべてを話し終えると、フィリナは不安な気持ちでレヴァンの顔を窺う。

ジェラルドの言葉を信じ、勝手に自分がレヴァンを守る気になり、レヴァンを傷つけてしまった。

レヴァンは呆れただろうか。思い込みだけで行動してしまったフィリナのことを嫌いにならないだろうか。

びくびくとレヴァンの言葉を待つフィリナを彼は優しく抱き締める。

「つらかったな……」

いつかジェラルドに言われたのと同じ言葉をレヴァンは口にした。あの時よりも素直に、フィリナは自分の気持ちを認めることができた。つらかったのだ。ずっとつらかった。

震える手でレヴァンに縋りつくと、彼は愛しげにフィリナの髪の毛を撫でる。そうしながら、静かな口調で語り出した。

「公には発表されていないが、王は今病に臥せっている。この国の広大な土地を狙っているルウェーズ国に王の今の状態を知られるのは得策ではないと皆分かっているはずだ」

「それじゃあ、あの話は……」

「全部、ジェラルドの作り話だろうな」

「そんな……」

ジェラルドはフィリナを騙したのだ。

簡単に騙された自分が許せなくて、更なる自己嫌悪が襲う。

レヴァンは、気にするなと言うようにぽんぽんとフィリナの背を叩いた。

「万が一、本当に婚約話があったとしてもそれはすぐに白紙になるだろう。結婚相手になら素顔を見せても良いという約束を王としてあると言っただろう？　それは、母のカレンが王に取り付けた約束でもあるんだ。王はカレンとの約束を違えることはない。俺はフィリナにしか素顔は見せていないし、見せる気もない。だから何も心配することはない」

フィリナを安心させるようにそう言ったレヴァンは、続けて小さく呟く。

「俺はもう、孤独から逃げて感情を押し殺していた俺じゃない」

まるで自分に言い聞かせるような言葉だった。顔を上げてレヴァンを見ると、彼はふっと目もとを僅かにゆるめてフィリナを見た。そして甘く囁く。

「俺が結婚したいのはフィリナだけだ」

その言葉に必死に我慢していた感情が噴出し、堰《せき》を切ったように涙が流れる。

レヴァンは、しゃくり上げながら激しく泣き出したフィリナを宥めるように背をさすり続けた。

どれくらいそうしていただろうか。苦しかった気持ちをすべて吐き出すように泣き続けたフィリナは、次第に落ち着きを取り戻した。

「どこにも行かないで、レヴァン……」

泣き続けて掠れてしまった声でフィリナは小さく呟き、全体重を預けるようにしてレヴァンの胸にもたれた。

レヴァンはそんなフィリナの髪の毛に顔を埋め、抱き締める腕に力を込めて答える。

「行かない。何があってもフィリナの傍にいる」

「本当に？」

どんな時でも傍にいてくれる？　どんなことがあっても離れない？

そう問うフィリナに、レヴァンは力強く誓う。

「ああ、約束する」

絶対にフィリナから離れない、と。

フィリナが嫌がっても絶対に離さない、と。

「……嬉しい」

レヴァンがずっと傍にいてくれる。そう思ったらひどく安心した。レヴァンさえいれば怖いものはない。好きな人と一緒にいられるのは、なんて幸せなことだろう。胸が温かくて、穏やかな気持ちになる。

「フィリナ……」

レヴァンが顔を寄せてきた。そのまま目を閉じるのが礼儀であるが、近づいてきたレヴァンの顔に目を奪われ、パッチリと瞼を開いたまま彼の顔を見つめてしまう。

改めてよく見ると、レヴァンの顔は彫像のように綺麗である。

「レヴァンて、本当に王子様みたいね」

まじまじと見つめながら今更のようにフィリナが言うと、口づけをしようとしていたレヴァンはぴたりと動きを止めた。

「あ、そういえば、本当に王子様なのよね。違うの。そういう意味じゃなくて……」

慌てて手を振るフィリナに、レヴァンはふわりと目を細めた。

「絵本の中の、だろ？」

「え？　どうしてそれを知っているの？」

小さい頃お気に入りだった絵本の中の王子様。それがレヴァンにそっくりなのだが、そのことを彼に言った覚えはない。

フィリナが目を瞠ると、

「昔、フィリナが言っていた」

と、レヴァンは思いもかけないことを言った。

「昔？」

「ああ。もう……十年になるか。俺の母親の葬儀の時、王宮の庭園で俺とフィリナは逢っているんだ」

レヴァンは懐かしそうに、少し遠くを見る。

フィリナはずっと、レヴァンと出逢ったのは街で助けてもらった時だと思っていた。けれど、フィリナが覚えていないだけで、十年も前に逢っているのだとレヴァンは言う。

「フィリナが転んだ拍子に俺の仮面を飛ばしたのが出逢いだった。仮面をつけ直した俺に、フィリナが言ったんだ。『絵本の中の王子様みたいにカッコいいのに、どうして隠すの？』って」

「……覚えていないわ」

全然思い出せない。とフィリナは頭を抱える。

「忘れろと言っても、フィリナはそれは嫌だと拒否して、もう一度見せろと言ってきた。表情をつくることすらできない出来損ないの顔を、フィリナはもっと見たいと言ってくれたんだ」

「……ごめんなさい」

誰にも見せることはできないと言って仮面を外そうとしなかったレヴァンの素顔を偶然にも見てしまった上に、もっと見せろと迫るとは……。子供の頃の自分を叱りつけたくなった。

言い訳になってしまうが、きっとその時のフィリナは、理想の王子様に出逢ったことに興奮して我を忘れていたのだ、と思う。

今も昔も、フィリナの好みの男性は、その絵本の王子様だということだ。

フィリナはレヴァンに二度恋をしたのだろう。一度目は、十年前のレヴァンの素顔に。そして二度目は、仮面姿のレヴァンに。

「あの時から俺は、フィリナのことだけを見ていた」

そんな昔から…という驚きと嬉しさがいっぺんに押し寄せて何も言えずにいるフィリナを、レヴァンはまっすぐに見つめて告げる。

「十年前からずっと、好きだ」

素直にその言葉を受け入れることができるようになったフィリナは、溢れる喜びを噛み締めながらレヴァンの手を握った。

「私も。大好きよ、レヴァン！」

その言葉を聞いて、レヴァンの口角が僅かに上がる。

レヴァンが笑った。

目の前の光景に、フィリナは何度も瞬きを繰り返す。見間違いかと思ったが、目を柔らかく細めて微かにだが上がっている口角が確かにフィリナの瞳に映っていた。

レヴァンは確かに笑っているのだ。嬉しそうに、幸せそうに笑っている。フィリナにはそう見えた。

フィリナは満面の笑みを浮かべてレヴァンに抱きついた。醜い顔なんだと嘆いていたレヴァンが確かに笑えている。それが嬉しかった。

「フィリナ、そんなにくっつくと……」

レヴァンが慌てたようにフィリナの体を離そうとした。しかし、時すでに遅し。

フィリナが動いたことにより、レヴァンの下半身にかかっていた毛布が捲れて熱く屹立《きつりつ》しているものが飛び出し、フィリナの太ももに当たった。

驚いて硬直したフィリナから、レヴァンは困ったように目を逸らす。

「こうなると分かっていたから、下半身に毛布を巻きつけていたんだ」

本当はもうずっと前から、レヴァンのものはフィリナを欲しがって勃《た》ち上がっていたのだが、厚い毛布がなんとかそれを隠してくれていたらしい。

言いづらそうにそう告白したレヴァンに、フィリナは顔に血が上るのを感じた。

恥ずかしいけれど、嬉しい。それがフィリナの本音だった。

だからフィリナは、わざとレヴァンの屹立したものに太ももを擦りつけた。

「フィリナ……」

心底困ったように、レヴァンはフィリナを見る。

「レヴァン……」

フィリナはレヴァンの胸に頬を埋め、両手をその背に回した。

「……嬉しい」

ぎゅっと抱きつき、甘い声でそんなことを言うフィリナに、レヴァンは覚悟を決めたかのようにきゅっと唇を引き結んだ。

「フィリナ、もう乱暴なことはしない」

フィリナの肩を摑んでそっと体を離したレヴァンは、フィリナの目をまっすぐに見つめながら言った。そして少し目を伏せ、ゆっくりと顔を寄せる。

自然とフィリナの瞼も閉じられ、二人の唇が羽のようにふわりと触れた。それが何度か続いたかと思ったら、口を開けたレヴァンがフィリナの唇を噛みつくように塞ぐ。

レヴァンの舌がフィリナの上唇と下唇を順番に舐め尽くし、僅かに開いていた唇に割り入った。歯列を隅々までなぞり、奥で小さくなっていたフィリナの舌を絡め取る。

尖らせた舌先で表面をくすぐられ、ピリピリとした快感が背筋を走った。フィリナは身を捩じり、レヴァンの腕をぎゅっと握る。

「……ん……ぅ……」

息苦しくて懸命に鼻で息をしながら、フィリナは激しいレヴァンの求めに応える。

初めての時には感じなかった快感が、じわじわと体の奥から湧き上がってきた。キスだけでこんなにも気持ちがいいなんて知らなかった。体に力が入らない。

全身をレヴァンに預ける格好になったフィリナは、キスに夢中になっている間に毛布の上に押し倒されていた。

フィリナの口腔をすべて舐め尽くしたレヴァンが、少しだけ唇を離し、掠れた声で訊く。

「いいか？」

不本意だったとはいえ、レヴァンに慣らされてしまった体だ。あんなキスをされたら、その先を求めてしまう。レヴァンを脅かすものがないと分かった今は、素直に行為を受け入れられる。

――ちゃんとレヴァンと繋がりたい。

フィリナは頬を染めて小さく頷き、レヴァンの首に腕を回して抱きついて、了承の意を伝えた。

「フィリナ……」

吐息とともに囁かれた自分の名前に、フィリナはぞくりと身を震わせる。掠れた声で名前を呼ばれただけで、お腹の奥が熱くなったのだ。

耳を掠め、頬を伝い、フィリナの唇に辿り着いたレヴァンのそれは、戯れるように上唇を柔らかく食むと、今度は下唇を啄む。そして顎に軽く口づけを落とすと、首筋、鎖骨と順になぞっていった。

触れられた箇所から全身に熱が広がり、むず痒いような快感がフィリナの全身を支配する。

鎖骨の上を舌先で小刻みに強弱をつけてなぞられるくすぐったさと、時折、首筋にきつく吸いつかれる甘い痛みに身を捩るが、レヴァンの手で引き戻されてしまった。

焦らすように首と鎖骨を集中的に責められて、そのむずむずとするような刺激がもどかしくなったフィリナはレヴァンの髪の毛に手を差し込む。

「…ぁ…は、ぁ……ん…」

鎖骨の窪みに舌を差し込んで強めに舐め上げられると、レヴァンの頭に伸ばしていた手にグッと力が入った。

ぞわぞわした快感が下腹部を熱くし、刺激が大きくなるほどに、愛撫されている部分を押しつけるようにレヴァンを引き寄せてしまう。

はあ…とフィリナの口から熱い吐息が漏れ、それに気づいたレヴァンが手でそっと乳房を包み込んだ。

「……っ……ぁんっ…！」

レヴァンの大きな手が乳房を覆うように触れただけで、フィリナの体は期待でふるっと震える。

優しく包み込んだと思ったらすぐに円を描くように揉み始め、そのゆるやかな快感にフィリナの口から甘い吐息が漏れる。

すでに尖っていた乳首を潰すように手のひらが動くと、自然と体が左右に動いてしまい、フィリナは羞恥に頬を染めた。

「触って欲しい？」

分かっているくせに意地悪にそう訊いてくるレヴァンを軽く睨んだフィリナだったが、

我慢ができなくて素直に頷く。

「もっと、ちゃんと触って？」

そんな可愛いおねだりにレヴァンは一瞬動きを止めたが、すぐにフィリナが望むようにキュッと乳首を摘み上げ、反対側の乳首を口に含む。ぬるりとしたその刺激にフィリナは、んっ…と鼻から抜ける甘い声を出した。

レヴァンは乳首の周りを舌でなぞり、チュッと吸い上げる。そして尖らせた舌で乳首を舐めて転がした。

「……あっ……！」

満足げに息を吐いたフィリナの反応を見ながら、押し潰すように力を入れる。途端にフィリナの喘ぎ声が高くなった。

強弱をつけて舐めて潰して扱《しご》くと、レヴァンの肩を摑んでいるフィリナの指に力がこもり、爪が皮膚に食い込む。レヴァンはその甘美な痛みに目もとをゆるめた。

「…っ…んあっ…ぁ……ああ…！」

フィリナの体がビクビクと痙攣し始めると、レヴァンは舌と指の動きを激しくする。ピチャピチャとわざと水音をさせて舐め、聴覚からもフィリナを責め立てた。

乳首の先端に舌を突き立てて押し込まれると、ぞくぞくとした快感が背筋を走り抜けてフィリナの腰が浮く。

すかさずレヴァンはもう片方の乳首に軽く爪を立て、グリッと捻り上げる。痛みと快感が入り混じった刺激に、フィリナの体が上下に揺れる。

「やっ……！　レヴァン、いっちゃ……ぅ……っっ！」

胸の愛撫だけでイッてしまいそうになることに驚いて、嫌々をするように首を振ったフィリナは、懸命にレヴァンの動きを止めようとする。

自分だけ先に達してしまうのは嫌だ。そう訴えるが、レヴァンは動きを止めようとはしない。

「イって、フィリナ」

ふっと耳朶に息を吹きかけながら囁かれたその言葉に、それまで必死に耐えてきたものが一気に崩壊する。

「んんん…あぁっ……！」

一際大きく体を跳ねさせ、フィリナは絶頂に達した。

それを熱い視線で見つめていたレヴァンは、チュッと軽く口づけを落とし、うっすらと目を開けたフィリナに、

「大丈夫か？」

と訊いた。惚けた顔でこっくりと頷いたフィリナは、休む暇もなく再び乳房を揉まれ、慌ててその手を摑む。

「ちょっと待って。今、すごく敏感で……」

恥ずかしい。そう続くはずだったフィリナの言葉は、レヴァンの口の中に消えた。舌の表面を擦り合わせ、根元まで絡めて舌を吸い上げられ、フィリナの体から一気に力が抜ける。その隙を逃さず、レヴァンは秘部に手を這わせた。

「……あっ……！」

下着をつけていないのだから当然だが、直接触れられた感覚に、フィリナは驚きの声を上げる。

グチュリ…と濡れた音が響き、レヴァンの指に愛液が絡まるのが分かった。レヴァンの愛撫で大量に溢れ出した愛液は、フィリナの体の下にある毛布まで濡らしている。

自分がひどくいやらしい気がして、フィリナはレヴァンの肩に顔を埋めた。レヴァンはそれを宥めるように前髪の間から覗く額にそっと口づける。

しかし優しいその仕草とは別に、彼の指はフィリナの秘部を上から下に何度もなぞり、膣口から愛液を掻き出すように動いている。

フィリナは、粘着質な音を立てながら上下に動く指に意識を集中させようと目を瞑った。

羞恥心は薄れることはないが、レヴァンが触ってくれていると思うだけで嬉しくて、与えてくれる快感をすべて受け止めようと思ったのだ。幸せを与えてくれるレヴァンの存在を全身で感じ、フィリナの心は満たされる。

愛液を十分に絡めた指が、陰核にそれを塗りつけ始めた。優しく触れる指に、フィリナの息が次第に荒くなる。

「……ふ…あっ……んっん、ぁ……」

じわじわと体中を支配する快感に、内股がピクピクと痙攣して無意識に腰が浮き上がった。もっとと催促しているようなその動きに、レヴァンは嬉しそうに口を開く。

「足りないのか？」

一瞬、彼が言っている言葉の意味が分からなかったが、すぐに自分の反応に気づき、フィリナは慌てて腰を引く。

「ちが……あっ！　や…んぁ…っ…！」

否定の言葉を口にした瞬間、レヴァンの長い指が膣内に挿入された。

突然の異物感に、フィリナの体が硬直する。しかしすぐに、膣内は誘い込むように蠢いてレヴァンの指を歓迎し始める。

「すごいな……」

驚いたようなレヴァンの呟きに、フィリナは赤くなった顔を両手で隠した。

自分でも分かっているのだ。欲しい欲しいと貪欲にレヴァンを求めている自分のいやらしさを。

レヴァンの指が、膣内の様子を確かめるためにぐるりと一周する。フィリナは彼が指を動かしやすいように、なるべく体の力を抜こうと深呼吸を繰り返した。

「フィリナの中、熱くて狭くて……ぎゅうぎゅうに締めつけてくる」

熱い吐息とともに、レヴァンは感じるままを報告する。

そんなこと言わないで欲しい。

フィリナは手だけでは足りず、背中に敷いてある毛布に顔を埋めた。いやらしい自分が恥ずかしくて、レヴァンの顔を見ることができない。

耳まで赤く染まったフィリナを愛しげに見下ろしたレヴァンは、様子を見ながら指を動かす。

十分に潤った膣内は、異物をすんなりと受け入れ、その動きに素直に反応を示した。そうして膣内を広げるようにゆっくりと抜き差しを繰り返していた指を、レヴァンは慎重に二本に増やす。

倍に増やされた指に、僅かな圧迫感がフィリナを襲った。しかしすぐに圧迫感よりも快感を得るようになり、きつく眉を寄せる。

　二本の指が膣内を揉むように刺激した。グッと押される度に、じゅわっと奥のほうから愛液が溢れ出すのが分かる。

「あぁん…はぁ、ん、ん、あ…ふあぁっ！」

　グチュグチュと掻き回される刺激に浅い呼吸を繰り返していたら、ふいに強い快感が背筋を駆け抜けた。レヴァンの指が、フィリナが感じる場所を引っ掻くように撫でたのだ。

　最初はゆっくりと小刻みに擦り上げ、次第に激しく指を動かしながらフィリナの足の間に移動したレヴァンは、陰核を舌でねっとりと舐め上げた。

「っっ！　ゃんっ、ああ、あっ…！」

　膣内と陰核を同時に刺激されて、フィリナの体はビクッと跳ねて大きく背中が反り返る。駆け上る快感の波にのまれ、腰が勝手に動き出した。

　レヴァンは溢れ出す愛液を啜《すす》りながら、舌を尖らせて陰核をグリグリと押し潰し、グチャグチャと大きな音を立てて膣内の感じる部分を集中的に責め立てる。

「や、やぁ！　も……もぅ、いっ……！　ぁあん！」

　強過ぎる快感に理性なんてどこかに吹き飛ばされてしまったフィリナは、大きな声で喘ぎ、本能のままに腰を振った。

「い、レ、ヴァン……！　も、い、あっ！　ああっ！　やあぁぁ！」

一際指の動きが速くなった瞬間、フィリナの体にググッと力が入り、手が白くなるほどに強く毛布を握り締めた。そしてビクッビクッと痙攣した後、ゆっくりと力が抜けていく。

弛緩した手足をぐったりと投げ出したフィリナは、呼吸を整えるためにきつく目を瞑って胸を大きく上下させた。

「大丈夫か？」

疲れ切った様子のフィリナを、体を起こしたレヴァンが心配そうに見つめる。

大丈夫だと答えようと目を開けてレヴァンを見ると、彼の唇が濡れて光っているのを見つけて、フィリナは居た堪れなくなって再び目を瞑った。

「どうした？」

困った顔で瞼を閉じてしまったフィリナに、レヴァンは、やっぱり大丈夫じゃないのか？　と慌ててその頬を撫でる。

優しく触れてくる大きな手にフィリナはそっと頬を寄せ、

「大丈夫」

と掠れた声で答えた。するとレヴァンは、ほっとしたように息を吐き出し、チュッとフィリナの唇に口づける。

乱暴にはしないと言ったとおり、レヴァンは優しく扱ってくれる。それが嬉しくてフィリナはレヴァンに抱きついた。

片腕でフィリナの体を受け止め、もう片方の腕で自分の体重を支えながら、レヴァンはフィリナの唇をもう一度塞ぎ、チュッチュッと軽く触れてフィリナの口腔に舌を差し込む。

「んっ……！」

鼻から抜ける甘い声を聞き、レヴァンの舌は更に大胆に動き回った。

舌を絡め取って吸い上げてから上顎をくすぐるように舐め上げ、身を縮めるフィリナの背骨を指でなぞる。ピクリと震えたフィリナの体を抱き起こし、背中を擦りながら空いたほうの手で乳房を押し上げるようにして揉み始めた。二度も絶頂へと導かれた体は、それだけで快感に震える。

「レヴァン……」

フィリナはもっと先を求めて、唇を離し、至近距離でレヴァンを見つめた。するとレヴァンは、目もとをゆるめて頷く。

「背中が痛くなるかもしれないから、この体勢で……」

そう言って、レヴァンは胡坐《あぐら》をかいて座った自分の上に抱き合う形で座らせた。そしてフィリナの体を片手で少しだけ持ち上げる。

すでにはち切れんばかりに勃ち上がっていた自らのものに手を添え、フィリナの膣口に亀頭を当てたレヴァンは、熱い息を吐き出しながら言った。

「フィリナ、腰を落として」

フィリナの腰を掴んでいたレヴァンの手が離れる。すでに自分の体重を支えられないくらいに力が抜けたフィリナの体は、重力に従って下へと落ちた。

「あぁぁんっ……！」

ズンッ…とレヴァンの猛りが押し開くようにして膣内へと侵入した。

大きなもので膣内をいっぱいにされた苦しさと、レヴァンのものが入っているという充実感で胸がいっぱいになる。

好きな人を受け入れる悦びは想像以上だった。心も体も歓喜している。

レヴァンのものが入っているという愛しさが体中に充満し、フィリナはぎゅっとレヴァンに抱きついて、その肩に頬を摺り寄せた。

やっとレヴァンとひとつになれた気がした。

抱かれてはいけないと思っていた時には感じることができなかった大きな幸福感。感激のあまり体が震えた。胸が熱くなって、心の底から幸せだと実感する。

「痛いか？」

心配そうにレヴァンがフィリナの顔を覗き込む。

「痛くないから、レヴァンの好きなように動いて？」

苦しげに息を吐きながら、ちょこんと首を傾げてフィリナは答える。

本当に痛くはなかった。膣内がムズムズして、早く欲しいとでも言うように収縮するのが分かる。

レヴァンがゴクリと喉を鳴らした。彼は苦しそうな息を吐き、両手でしっかりとフィリナの腰を掴む。

「動くぞ」

確認するように言って、レヴァンはゆっくりと腰を引いてから、すぐに奥へと突き入れた。

「……ぁあっ！　レヴァ…ン……っ！」

頭の天辺から足の先まで、ビリビリとした快感が走る。ズンズンと突かれる度に、抑え切れない嬌声が漏れた。お互いの汗と愛液とで、触れ合った部分がヌルヌルと滑る。

「……フィリナ……っ……フィリナ……！」

レヴァンは何度も何度もフィリナの名を呼び、その唇に口づけた。

「あぁ…んん……っ…レヴァ、ン…好、きぃ……あ、ぁあ……！」

嬉しくて。幸せで。気持ちが良くて。もうどうにかなってしまいそうだ。

好きな人と愛し合えるというのは、こんなにも幸せで、こんなにも気持ちが良くて、こんなにも我を忘れるものだったのか。

レヴァンを求めて、自らの腰も自然と動いてしまう。

グチュグチュ…と結合部から激しい水音が響いている。フィリナはもっと深く繋がりたくて、グッと腰をレヴァンに押しつけた。

「…っ！　フィリナ……っ！」

余裕のない声で、レヴァンはフィリナの名を呼ぶ。そして食らいつくようにフィリナの唇を塞ぐと、唇から口腔まで貪った。

「レ、ヴァ…ン…！　んっ…あ、ん…ぁっ……！」

激しい突き上げを受け止めながら、フィリナは舌を動かしてレヴァンに応える。舌が絡まる度、膣内が収縮してレヴァンのものを締めつけた。

「気持ち、いいか…？」

眉を寄せた色っぽい顔でレヴァンが訊いてくる。その顔にキュンと胸が苦しくなりながら、フィリナはうんうんと頷いた。

「…うんっ……あ、ぁい、いぃ……レヴァ…ンッ…んっ…気、持ち、い……！」

「……フィ、リナ……俺も、すご……気持ちいい……！」

レヴァンは上擦った声で言い、突き上げる速度を上げる。

ガンガンと壊れそうなほど膣奥を突かれ、フィリナは悲鳴にも似た声を上げて髪を振り乱した。

「あああっ……！　いい……ぁん……っ……！」

全身が性感帯になってしまったのではないかと思うくらい気持ち良くて、何も考えられなくなる。

体が宙に浮くような感覚がして、快感の大きな波が迫ってくる。このままこの快感が続いたらおかしくなってしまうと思った。

汗なのか愛液なのか分からないほどグチャグチャに濡れた太ももや臀部《でんぶ》が滑って、たまに挿入の角度が変わり、それが更なる快感を生む。

フィリナは激しく揺さ振られながら、レヴァンの顔に頬を寄せた。

「好き……！　んん！　……レヴァン……んあっ……だいす、き……！」

ただただ好きだと伝えたくて、何度も何度も告げる。それに応えるようにレヴァンがフィリナの唇を吸い、深く舌を絡めた。ピチャピチャと響く水音に脳内が犯され、動きが激しくなる。

「レヴァン、レヴァン……！」

「……っく！」

「……い、も、駄目ぇ……！　あああぁぁんんっ！」

「……フィリナ……っ！」

グチュグチュと鳴り響いていた音が止まり、二人の体が小刻みに痙攣した。きつく眉を寄せたレヴァンが、膣奥に熱い奔流を叩きつける。すると膣内が白濁を残さず絞り出そうと蠕動した。

頭の中で光が爆発してビクビクと体が大きく痙攣したフィリナは、その直後、力が抜けて意識が遠のいた。


フィリナの体が力を失って傾いていくのをレヴァンがしっかりと支えた。

すでに眠りについているフィリナの無防備な顔を見つめ、レヴァンは口角を上げる。

「フィリナ……愛している」

愛しくて仕方がないという顔でレヴァンはフィリナに口づけると、彼女の中から己の分身をそっと引き抜く。少し遅れて膣口から大量の白濁が流れ出てきた。

フィリナを起こさないようにそれを拭き取り、脱力している体を清めると、彼女の体中に散る紅い花を満足げに見つめた。

フィリナを愛している証。

フィリナに愛されている証。

ずっと恋い焦がれていた存在が、完全に自分に身を委ねて無防備に眠っている。それがこんなに幸せだとは思わなかった。

胸の奥から溢れ出す感情は心を温かくしてくれる。

フィリナと出逢って、一緒に穏やかな時間を過ごして、こうして想いを伝え合えた。

フィリナという存在を知る前の自分には想像もできなかった人生が、今、ここにある。

フィリナに出逢えたのは、きっと奇跡だ。その奇跡に感謝したい。

愛している。

誓いの気持ちを込めて、最後にもう一つフィリナの心臓の上に新しい跡をつけたレヴァンは、二人でくっついて安眠するべく、彼女を抱き上げてベッドへと向かうのだった。


唇に柔らかな熱が重なる感触に、フィリナは目を覚ました。

目を開けると、彫像のように整ったレヴァンの顔がある。

「レヴァン……」

そう呟いたが、喉が引き攣るような感覚がしてうまく声にならなかった。

「水、飲むか？」

その問いかけに頷くと、少しの間の後にレヴァンがフィリナの唇を塞いだ。小さく開いた唇の隙間から水を流し込まれたフィリナは、こくり…と喉を鳴らしてそれを飲み込む。するりと触れたレヴァンの素肌の感触に、二人とも裸のままだと気づいた。

「大丈夫か？」

心配そうに細められたレヴァンの双眸をぼんやりと見つめながら、フィリナはゆっくりと瞼を上下させて、大丈夫だと伝えた。するとレヴァンの頬が僅かにゆるむ。

彼のそれは、だんだん笑顔らしい笑顔になってきている気がする。フィリナは嬉しさで胸がいっぱいになり、レヴァンの頬に手を伸ばした。

「レヴァンが仮面をつけ始めたのはいつのことなの？」

滑らかな頬をそっと撫でてそう訊くと、レヴァンは気持ち良さそうに頬を手に擦りつけ、フィリナを抱き締めるようにしてベッドに横たわると、どこか遠い目をして話し始めた。

「俺は、王の子ではなく、王の側近だった騎士の子なんだ」

レヴァンの話はこうだった。

レヴァンの父親は王の側近で、名をマティアス。王の侍女だった母親はカレンといった。王は密かにカレンに恋をしていた。しかしカレンとマティアスはすでに恋仲であり、王は想いを告げることなく二人を見守っていたらしい。

三人の関係が変わったのは、王とマティアスが隣町に視察に行った時だ。その帰り道で落石に遭った王を、マティアスは体を張って守り、命を落とした。息を引き取る寸前、マティアスはカレンのことを王に託した。王がカレンに恋をしていることをマティアスは知っていたのだ。

王は恋人を亡くして泣き暮らすカレンに、マティアスとの約束を守るためだと言い聞かせ、彼女を側室にした。

その時すでにカレンのお腹の中にはレヴァンがいた。それを知った王は、彼女の子供の父親が自分ではないことを周りに知られるのを恐れた。側室となる娘は王以外の男と関係をもつことは許されない決まりだからだ。それが明らかになれば、カレンは側室ではいられなくなる。

カレンを自分の傍に置いておきたかった王は、口の堅い侍女に、産まれてきたレヴァンの世話をさせ、それ以外の人間から隠すように育てた。ハルは、王の命《めい》でその頃からずっとレヴァンについていたらしい。

　そしてレヴァンが誰の手も借りずに生きられるようになった頃、レヴァンの世話をしていたハル以外のすべての人間を王宮から遠ざけて、互いに監視させあった。レヴァン自身には仮面をつけ、人前では決して仮面を外してはいけないと何度も言い聞かせた。そして周りには火傷を負ったためだと説明した。

　それほどまでして素顔を見せたくなかったのは、レヴァンの顔がマティアスにそっくりになってきたからだ。

　王は誰にもレヴァンの素顔を見られたくなかった。それは、レヴァンの母親であるカレンにも、である。カレンがレヴァンを見て、マティアスのことを思い出すのが我慢ならなかったらしい。

　王の激しい嫉妬心と、カレンに対する執着心が、レヴァンを孤独に追いやった。

　そのことを気に病んでいたカレンが王に、レヴァンの選んだただ一人の大切な人にだけは素顔を見せることを許可して欲しいと懇願し、王はそれを承諾した。

　そしてレヴァンは、フィリナと出逢った。

　あの時、レヴァンの素顔を見てしまったフィリナは、本当ならどこかに幽閉されるはずだった。けれどレヴァンはハルに頼んで、素顔を見られてしまったことをなかったことにした。

頑として仮面を外さないことから、呪われた王子と言われていた独りぼっちのレヴァンをまっすぐに見つめ、晒すことができない素顔を好きだと言ってくれた彼女が、レヴァンのただ一人の人だと思ったからだ。この先彼女にしか素顔を晒さない。そう決めた。

「それで、俺はフィリナと結婚したいと思ったんだ」

彼の過去は想像していたよりも悲哀に満ちていて、フィリナは今すぐに過去のレヴァンのもとへ行って抱き締めてあげたくなった。

祖父と一緒に王宮に行ったことは覚えているが、残念ながらレヴァンと初めて出逢った時のことは覚えていない。

レヴァンが一番つらい時に会っていたというのに、事情を知ろうとしなかったあの頃の自分を叱り飛ばしたい気持ちになった。

もしその時にレヴァンの事情を知っていたなら、フィリナは毎日彼に会いに行っただろう。孤独な彼の心に寄り添ったに違いない。

それができなかった自分が悔しかった。

気まぐれなフィリナの行動に救われたと言ってくれたレヴァン。覚えてもいないその行為で、一人の人間の人生を変えてしまった。それはとても怖いことであり、光栄なことでもある。

大好きなレヴァンが、何年も前からずっとフィリナを想ってくれていた。一生を共にする伴侶はフィリナだと決めてくれていた。こんなに嬉しいことがあるだろうか。

「フィリナがいなかったら、俺はもうこの世にいなかっただろうな」

大きな手で優しくフィリナの頬を撫で、レヴァンは愛しげにフィリナを見つめた。

「この世界の何もかもに興味がなかった。自分のことすらも。だから、生きている意味がないと思っていたんだ」

出逢うことすらなかったかもしれないと考えると、背筋が凍る思いがした。

「レヴァンが生きていてくれて良かった」

レヴァンと出逢えて、愛して愛されて幸せな気持ちになれて、フィリナは自分のことを誰よりも幸せな人間だと思っていた。

この気持ちを教えてくれたレヴァンがいなくなるなんて、そんなのは考えたくなかった。

「あの時フィリナに出逢えたのは、俺にとっては幸運だった」

レヴァンの言葉に、フィリナも大きく頷く。

「私にとっても、とても幸せなことだったわ」

その時に出逢っていなければ、今こうして一緒にはいなかった。温かくてどんな場所よりも安心するレヴァンの腕の中にいることはなかったのだ。

何があっても、絶対にレヴァンから離れない、離したくない。レヴァンを他の誰にも絶対に渡さない。フィリナだけを見て、フィリナだけを愛して欲しい。そんな激しい気持ちがフィリナに湧き上がる。

「私、絶対にレヴァンから離れないから」

決意を込めて告げると、レヴァンはきつくフィリナを抱き締めた。

「ああ。絶対に離さない」

甘い呪縛のような言葉が耳をくすぐる。

そっとレヴァンの顔が近づいてきたその時、レヴァンが突然、顔を上げた。

そして素早い身のこなしで立ち上がると、この部屋に唯一ある小さな窓を開け外を窺う。

「フィリナ、すぐに服を着てくれ」

硬い口調でレヴァンは言い、放り出してあった自らの服と仮面を素早く身に着けた。

何かあるのだと察したフィリナは、レヴァンの差し出してくれた服を着て窓に駆け寄る。

部屋に入り込んだ冷気で体が震えるのを感じたが、レヴァンがすかさず肩を抱いて体温を分けてくれる。

　窓の外には、相変わらず銀世界が広がっていた。眼下には断崖絶壁があり、特に何も変わったことはない。

「どうしたの？　何か見えたの？」

　キョロキョロと辺りを見回して何もないのを確認してから、フィリナはレヴァンの顔を見た。するとレヴァンは、違う…と首を振る。

「音だ。人の気配がする」

　言われて耳を澄ますと、微かにだが人の声らしきざわめきと何かが動く気配を感じた。

「誰か来たのね」

　どうしてこんな場所に人が来るのか分からず、フィリナは不安になる。レヴァンはそんなフィリナの額に唇を押しつけ、大丈夫だ、と囁いた。そして鋭く外を見やる。

「……誰が来たのかは見当がついている」

　静かな中にも鋭さが滲んだ声音に、これから何かが起きるのではないかとフィリナの不安は大きくなった。

「大丈夫？」

　ぎゅっとレヴァンの服を握り締めて体を寄せる。

「フィリナは心配しなくていい。俺が話をつける」

レヴァンは力強く言って、フィリナの肩を抱く手に力を込めた。

第六章

大きな音を立てて、城の扉が開いた。

広いホールの真ん中に立っていたレヴァンは、無遠慮に足を踏み入れて来た侵入者に声をかける。

「俺の城だ。勝手に入るな」

レヴァンの姿を目にした男は一瞬眉を吊り上げた。それが、レヴァンが生きていることに驚いた表情だと思うのは、フィリナの思い過ごしなのだろうか。

「お前の城じゃない。王家所有の城だ」

すぐに表情を戻すと、男は強い口調で言い返した。

男は温かそうな毛皮を着ていた。なぜか羽織っただけのそれは、防寒具としての役割を果たしているのかどうなのか、いつもの派手な赤い上衣がほとんど見えている。

「フィリナ嬢、ここにいたのか」

レヴァンの後ろに隠れて様子を窺うフィリナに目ざとく気づいた毛皮の男——ジェラルド——は、おおげさに安心して見せた。

レヴァンのことが心配で無理やりついて来たフィリナは、ジェラルドに、他国の姫とレヴァンの婚約について騙されたことを思い出し、眉間に皺を寄せる。

今日はいつものでこぼこ騎士のうちの一人、背の高いロルフだけがジェラルドの傍に控えていた。テオドールはハルに断られたのでそこにいるはずはないのだが、でこぼこの二人が一人きりになると違和感があった。

彼らは後ろに、十数人の屈強な騎士を引き連れている。まるで今から罪人を捕らえるかのような鋭い雰囲気に、緊迫感が一気に増した。

そんな物々しい空気の中でもジェラルドは普段と変わらない。指の先まで意識した優雅な動きで、フィリナに向かって手を差し出した。

「さあ、僕と一緒に帰ろう」

どこに。と訊きたくなったが、フィリナは口を開かなかった。レヴァンが話をつけると言ったので、この場は彼に任せるつもりでいた。

「フィリナは俺と一緒にここにいるんだ。勝手に一人で帰れ」

レヴァンはフィリナの姿を隠すように体を横にずらすと、冷ややかに言った。するとジェラルドは眉を跳ね上げて大きく肩を竦める。

「彼女は僕に会いに来た帰り道に行方不明になってしまったんだ。僕が捜し出して保護するのが道理だろう」

「俺が保護した。それでいいだろう。帰れ」

再度はねのけても、ジェラルドは笑みをたたえたままその場を動かない。

「保護、ね。フィリナ嬢を誘拐したのは君だろう？　公爵令嬢を誘拐したんだ。王子といえどただで済むはずがないだろう」

「私は誘拐されたわけではありません」

レヴァンを罪人と決めつけているジェラルドの言葉に、フィリナはレヴァンの背後から身を乗り出し、咄嗟に反論した。

確かに昏睡させられて連れて来られたが、フィリナの同意があったことが認められれば、レヴァンが罰せられることはないはずだ。

強い眼差しでジェラルドを睨むが、彼は意に介す様子もなく余裕の笑みを浮かべている。

「誘拐ではないなら、君は自分の意思でここに来たということかな？」

「はい」

「へえ。未婚の公爵令嬢が、自ら男の屋敷に出向いたと？」

「そうです」

即答すると、ジェラルドは大きく首を振って溜め息を吐いた。

「令嬢が、婚約者でもない男と一夜を過ごすだなんて、決してあってはならないことだよ」

「フィリナの婚約者は俺だ」

すぐにレヴァンが反論すると、ジェラルドは、何を言っているんだと楽しそうに笑った。

「フィリナ嬢の婚約者は僕だよ。そうだよね？」

彼は無邪気な表情で同意を求めてくるが、真実を知った今、フィリナはそれを肯定する気なんて毛頭ない。

ジェラルドはフィリナを騙していたのだ。レヴァンの婚約のことも、それを王が強制しようとしているということも、すべてが嘘だった。

フィリナがその事実を知っていることに彼も気づいたはずだ。それなのになぜ、こんなにも堂々と婚約者だと名乗れるのだろうか。

「私はジェラルド殿下との結婚を承諾した覚えはありません」

「僕よりも彼を選ぶと？」

「はい」

「彼は呪われた第三王子だよ。そんな男と公爵令嬢が結婚前に淫らな関係があるなんて噂が立つと大変だろうね。君は心ない人々の言葉に耐えられるかな」

考え直せとでも言うように、ジェラルドは、慈悲深い笑みを浮かべた。今なら間に合うから、と自分の手を取るようにフィリナに促す。

レヴァンは呪われてなんかいない。それなのに彼を侮蔑するようなことを言うジェラルドに、フィリナは怒りを覚えた。

「私はレヴァン以外を選ぶ気はありません」

きっぱりと言い切り、きゅっと唇を引き結ぶ。

元々ジェラルドの告白を受け入れる気なんてなかったのだ。はっきりと断ったし、この先彼を好きになることはありえない。

しかし、フィリナを騙し、レヴァンを侮辱した男は、面白そうに目を細めた。

「君は本当に強情だね」

「フィリナは俺と結婚する。婚約者の屋敷に泊まったのに何の問題があるんだ？　それに、人の口に戸を立てる方法はいくらでもある」

レヴァンがフィリナを庇うように前に出たが、ジェラルドはレヴァンには目もくれず、彼の後ろにいるフィリナをまっすぐに見つめる。

「本当に、それでいいんだね？」

笑顔のままでジェラルドは言った。今まで彼に抱いていた印象とは異なる、含みを帯びたその笑顔に戸惑いながらも、フィリナは大きく頷く。

「はい」

「君を守れるのは僕しかいない。それでも、君は彼を選ぶんだね？」

重ねて問われるが、考えは変わらない、と強い意志を持って首肯した。すると、

「そうか」

ジェラルドの声音が変わった。それまでの柔らかな声ではなく、感情を押し殺したような冷ややかな声で吐き捨てる。

「つまらないな」

声と一緒に表情までもが変わったジェラルドは、見下すようにフィリナとレヴァンを見た。そしてまるで舞台役者のように大仰に手を振って、じゃあ…と続ける。

「これは知ってるかな。王は毒を盛られて生死の境をさ迷っているって」

何の反応も見せないフィリナとレヴァンを見て、ジェラルドはにんまりと笑う。

「マヴロスは知っていたようだな」

じっとジェラルドを見つめたままレヴァンは何も言わない。するとジェラルドは得意げに目を細めた。

「まあ、知っていて当然か」

ジェラルドは楽しそうに笑う。

「王に毒を盛った犯人を捕らえるためにわざわざ僕が出向いたんだから」

嫌な予感に、フィリナの胸がざわめく。

ジェラルドはレヴァンをまっすぐに見つめ、指を突きつけて言った。

「マヴロス、君が犯人だね」

「……っ！」

テオドールもそう言っていた。レヴァンが王とセドリックに毒を盛った、と。

「君が王の暗殺をくわだてたことは分かっているんだ。君の部屋から毒と毒を抽出する道具が出てきたからね。それに、この屋敷からも毒が出る。たとえば、フィリナ嬢のドレスの中から、とかね」

その言葉に、フィリナはあの薬包紙を思い出した。レヴァンが見つけたあれが毒だったのだ。

「言い逃れはできないよ。分かっている、分かっているさ。マヴロスは、ルウェーズ国の姫と結婚したくなかったんだよね。愛のために君たちは王を暗殺しようとしたのか……」

芝居がかったジェラルドの台詞にフィリナは眉を寄せる。

レヴァンはルウェーズ国との政略結婚の話を知らなかった。それなのに王を殺害しようとするだろうか。確かに彼は王のせいでつらい毎日を送ってきた。けれど、彼が王を殺そうとするなんて考えられない。

レヴァンではない、と言い出そうとしたフィリナの手をふいにレヴァンがぎゅっと握った。大丈夫だ、とその手の強さが教えてくれる。それだけで安心して肩の力が抜けた。

そんな二人の様子を見ていたジェラルドは、馬鹿にしたように嗤《わら》う。

「マヴロス。君は呪われた子だ。誰かに愛されることなんてあってはならない。君を愛した者は皆、不幸になるんだからな」

だから幸せになるなんて許さない、とジェラルドは燃えるような目でレヴァンを睨みつけた。それを冷静に見返しながら、それまで黙っていたレヴァンが口を開く。

「俺が王に毒を盛ったと言ったな？」

「そうだ」

ジェラルドが肯定すると、レヴァンは淡々と言う。

「お前の腹心は二人いなかったか？　今日は一人しか連れていないんだな」

「そういう時もあるさ」

ジェラルドがテオドールを使ってフィリナとレヴァンを暗殺しようとしたのは確かなのに、彼に動揺は見られない。テオドールの単独行動だったということにするつもりなのだろうか。

レヴァンはジェラルドの返事を予想していたのだろう。静かな口調で続ける。

「罪を悔いて、俺とフィリナが心中する。という筋書きだったようだが、残念だったな。俺たちが生きていて」

「何のことかな？」

ジェラルドは白々しく首を傾げた。

やはり彼はテオドールを切り捨てるつもりなのだ。簡単に人を裏切ることができるジェラルドにフィリナは怒りを覚えた。テオドールは自分を殺そうとしたが、それはジェラルドの命令があったからだ。

部下を大切にできない人間に、国民を守ることができるだろうか。ジェラルドは次期国王と期待されているが、彼には人の上に立つ資格はないと強く思った。

レヴァンは眼光を鋭くしてジェラルドを見つめる。

「王に毒を盛ったのと同じ手口で、俺の母を殺したのか」

「……何を馬鹿なことを。なぜ俺があの女を殺さなくてはいけないんだ？」

僅かな沈黙の後、ジェラルドは硬い表情で否定した。しかしレヴァンは確信しているかのような強い口調で続ける。

「母を殺したのはお前だろう。離宮に通っていたみたいだが、母で毒の効果を試していたのか？」

「花を届けに行っていただけだ」

ジェラルドは笑顔をつくった。それはいつもの余裕のある笑みに見えたが、目が笑っていない。

「その花から採れる毒を母の薬に混ぜていたんだろう？　あの薬から、お前が気に入っている花の匂いがしていた。あれは市場には出回っていない花だ。どこで手に入れた？」

「献上された花だ。どこのものかは知らない」

「偶然できてしまった新種が毒になる花だった、だから毒の存在は誰にも気づかれない。とでも言われて、貴族に唆《そそのか》されたか」

レヴァンが言葉を重ねる度、ジェラルドの笑みが深くなる。しかし、それに比例するように眼差しは徐々に鋭くなっていった。

「王からも母と同じ匂いがした。お前が王やセドリックの部屋に花を飾ったのは、毒の匂いを誤魔化すためだ。改良しても匂いだけはどうしてもとれなかったんだろう」

レヴァンが断言すると、ジェラルドは黙り込み、しばらくじっとレヴァンを見つめていた。そして突然、声を上げて笑い出した。

「ふーん、何にも興味を示さなかった君がよく調べたものだね。もしかして、興味がないフリをしていたのか？　もしそうなら君は素晴らしい役者だよ。僕はすっかり騙されていた」

「お前がフィリナを巻き込まなければ、俺は無関心のままでいただろうな」

「愛する女を奪おうとする僕が邪魔だから、僕を犯人扱いするのかい？　でも、僕が犯人だという証拠はない。けれど、君が犯人だという証拠は揃っている。さあどうする、マヴロス？」

勝ち誇ったように嘲笑うジェラルドに、フィリナはぞくりと肌があわ立つのを感じた。

ジェラルドは、証拠を捏造してレヴァンを犯人に仕立て上げるためにここに来た。事実などは関係ない。彼は必ずそうするのだろうという予感があった。きっと今までずっとそうしてきたのだ。

このままでは、レヴァンが犯人にされてしまう。

「レヴァン……」

思わず彼の名を呼んだフィリナの不安な気持ちを察してか、フィリナと視線を合わせたレヴァンは僅かに微笑んだ。そしてフィリナの手を強く握り返す。

その様子を見てジェラルドはぶるぶると体を震わせると、地を這うような声で呟いた。

「お前は何にも関心を持たないくせに、僕の欲しいものをすべて持っていく。王の関心も、誰かからの純粋な愛情も……！」

言い終わる前に、ジェラルドは腰に帯びていた剣を抜いた。瞬間、フィリナの手を振り解いたレヴァンが近くに立てかけてあった剣を素早く手に取る。

直後、ジェラルドの剣がレヴァン目掛けて振り下ろされた。

キン……！　と高い音を立ててレヴァンの剣がジェラルドの剣を弾く。しかしすぐにジェラルドは体勢を立て直し、今度は首を狙って打ち込んだ。

レヴァンは後ろに跳んでそれをかわし、素早く足を繰り出してジェラルドの足を蹴り払う。するとバランスを崩したジェラルドが横に倒れ込んだ。

間を置かずに立ち上がろうとしたジェラルドの手を踏みつけて剣を離させると、レヴァンはそれを蹴って遠ざける。

「くっ……！」

ジェラルドが悔しそうに呻いた次の瞬間、ジェラルドが連れて来た騎士たちが動いた。

「レヴァン……！」

フィリナは慌ててレヴァンの名を呼ぶ。

するとどこからかハルが現れた。レヴァンに斬りかかってきた騎士たちへ剣を向けたハルに、レヴァンが短く言う。

「駄目だ」

何が駄目なのかフィリナには分からなかったが、ハルは素早い身のこなしで右に左にと体をかわしながら、攻め込んでくる騎士の剣をなぎ払い始めた。

それからのレヴァンとハルの動きは少し奇妙だった。間合いを詰めて敵の懐に入り込み、剣の柄で腹部や首もとを打つ。そうやって気絶させるか、すぐには動けないようにして騎士たちを倒していった。

「ぐわっ！」

「ぐ…っ！」

斬っているわけではないのに、一人、また一人と騎士が倒れていく。

なぜ二人は剣を持ちながらも斬りつけないのだろうとフィリナは不思議に思った。

目にも留まらぬ速さで騎士たちを床に沈めていったレヴァンとハルだったが、やはり二人で十数人の騎士を相手にするのは無理があるのか、次第に追い詰められていく。

仮面のせいでレヴァンの視界は狭いはずだ。それでもあれだけの数の騎士を相手にして、ここまで持ちこたえたのはすごいことだと思う。

レヴァンが劣勢だというのに、フィリナはどうしていいのか分からずにおろおろすることしかできない。

すると、騎士の剣を受け止めていたレヴァンの背後から、ロルフが剣を振り上げた。

「危ないっ……！」

フィリナは咄嗟に悲鳴を上げた。

次の瞬間、レヴァンが騎士の剣を強引に振り払って飛び退き、紙一重でロルフの攻撃を避けた。しかしそれに安堵する暇はなかった。

ロルフは間髪を入れずに真横に剣を払う。それを受け止めたレヴァンは、力の差でか、一歩後ろに押された。

すぐにレヴァンが体重をかけて押し返すと、剣が軋んだ音を立てる。お互いに押し合いになったと思ったら、一瞬の後、素早い払い合いになった。ハルがレヴァンのもとに駆けつけようとしたが、数人の騎士がそれを阻む。

多人数を相手にしているレヴァンは体力の消耗が早く、後ずさりながらふらりとよろけてしまった。その瞬間を見逃さず、ロルフが剣を振り上げた。それを上半身を反らしてかわすと、ロルフが体勢を整えるよりも早く、レヴァンは姿勢を低くして彼に向かって突進する。そしてロルフの鳩尾《みぞおち》に肩をめり込ませるように体当たりをした。

「うがっ……！」

呻き声を上げて、ロルフが仰向けに倒れた。

思わず拍手を送りたくなったが、レヴァンに駆け寄る人物を見て、フィリナは息をのむ。蹴り払われた剣を再び手にしたジェラルドが、まだ残っている騎士の攻撃を受け止めていたレヴァンに向かって剣を突き出したのだ。

騎士の喉元に肘を叩き込んだレヴァンは、ジェラルドの剣を避けようと体を捻った。しかし間に合わず、剣で胸を突かれてしまう。

「レヴァン！」

フィリナは思わず駆け出した。まだ剣を手にした騎士がいる中に飛び込むのは危険だと承知していたが、左胸を突き刺されたレヴァンを見てしまってはじっとしてはいられなかった。

「レヴァン！」

夢中でレヴァンに駆け寄ったフィリナは、床に倒れ込んだ彼に覆いかぶさる。

「どくんだ」

止めを刺そうとでもしているのか、剣を逆手に持って振り下ろそうとしていたジェラルドが、フィリナを見て手を止めた。

「嫌です！」

フィリナは両手をいっぱいに広げてレヴァンの体を守る。

「このままだと、君まで一緒に貫いてしまうよ」

だからどくんだ、と子供に言い聞かせるようにジェラルドは言った。

「構いません！」

覚悟を決めてフィリナはジェラルドを睨む。一人で残されるくらいなら、今ここで二人一緒に貫かれたほうがマシだ。

「そうか。残念だ」

フィリナをじっと見下ろしたジェラルドはそう呟き、剣を持つ手に力を込めた。

大丈夫、怖くない。とフィリナはレヴァンの服をぎゅっと掴み、衝撃を待った。視界の端に、こちらに駆けてくるハルの姿が映った次の瞬間。

「そこまでだ！」

凛とした声がホールに響いた。

反射的に顔を上げたフィリナの目に、大きく開け放たれた扉から入って来た、ジェラルドと同じ金髪碧眼の男の姿が映った。

第二王子のセドリックだ。それに続いて、大勢の騎士がなだれ込んでくる。

それを見たジェラルドは一瞬目を瞠ったが、すぐに剣を鞘に収め、いつもの泰然とした態度でレヴァンとフィリナを指さした。

「セドリック、こいつらが王を殺そうとした犯人だ」

大股でこちらにやって来たセドリックはそれに頷き、声を張り上げる。

「反逆者を捕らえろ！」

後ろにいる騎士たちがその命令に従い、ジェラルドの騎士たちを捕らえ始める。

「何をしているんだ？」

レヴァンとフィリナではなく自分の部下たちを縛り上げていく彼らに、ジェラルドは眉を寄せた。

「反逆者を捕らえているんだよ」

殺伐としたこの場に似合わないにっこりとした笑みを浮かべて、セドリックは答えた。

倒れている騎士たちが外に運び出され、最後にジェラルドが二人の騎士に両脇から抱えられる。

「なぜ僕を捕らえる？」

抵抗する素振りは見せないが、ぎろりとセドリックを睨むジェラルドの瞳は炎のように燃えていた。

「君が王と僕を殺そうとしたからだよ」

セドリックは凪いだ表情でジェラルドを見返した。容姿はそっくりな二人だが、表情が正反対だ。

ジェラルドが連行されるのを見ようともせず、セドリックはフィリナの傍らに跪《ひざまず》いた。

「マヴロスは無事？」

問われ、フィリナは慌ててレヴァンの上から体を起こし、彼の顔を覗き込む。仮面から覗く黒い瞳は、まっすぐにフィリナを見ていた。

「レヴァン!?」

「大丈夫だ、フィリナ」

体を起こしながら、レヴァンは小さく頷いて見せた。そして自分の胸もとにあるポケットに手を入れ、何かを取り出す。

「これのおかげで命拾いした」

レヴァンの手の中から現れたのは、壊れた懐中時計だった。

フィリナが落としたそれを拾って胸ポケットに入れていたため、剣先は胸ではなくこの懐中時計を突き刺したのだとレヴァンは言う。

　蓋や文字盤が変形し、細かな部品が飛び出している懐中時計。これがレヴァンを守ったのだ。

「かわしながらでも結構な力で突かれたようで壊れてしまったんだ。すまない」

　頭を下げるレヴァンに、フィリナは首を振る。

　レヴァンが無事だった。これがレヴァンを救ってくれた。そう思うと、涙が溢れて止まらなくなった。

「無事で、ぅ…良か…った…！」

　嗚咽を漏らし、フィリナはレヴァンに抱きつく。

「心配かけたな…」

　フィリナをきつく抱き締めてレヴァンが囁いた。もう二度とこんな思いは嫌だと泣き続けるフィリナの背をレヴァンは優しく撫でる。

　二人はしばらく抱き合っていたが、フィリナが泣き止むと、それを待っていたかのようにセドリックが声をかける。

「二人とも、無事で良かったよ」

「思ったより遅かったな」

セドリックの言葉にレヴァンが言った。その言葉に、セドリックは片眉を上げる。

「これでも急いで来たんだよ？　王子を捕らえるにはある程度証拠がそろってないと難しいんだからさ、こっちの事情も察してよ」

「とっくに証拠なんて摑んでいたくせに、よく言うな。どうせどこかで成り行きを見守っていたんだろう」

「まさか、そんなことしてないよ。君が制圧してくれればいいなとは思ったけど…」

悪びれた様子もなく、セドリックは笑う。そして周りを見わたして何かに気づいたように、お、と声を上げた。

「血がないな。斬らなかったのか？」

「フィリナに血は見せたくない」

レヴァンは事もなげにそう言った。

レヴァンが誰も斬らなかったのは、以前、目の前で人を斬ってフィリナが失神してしまったことを気にしていたからだったのだ。それで苦戦を強いられたというのに、レヴァンは、それ以外に何がある、とばかりにセドリックを見た。

「ああ…そう。君にそんな気遣いができるとは驚いたよ」

少し呆れたように、セドリックは乾いた笑いを漏らした。そんな彼に、レヴァンはフィリナを抱き締めたまま問う。

「いつからジェラルドがあやしいと思っていた?」

するとセドリックは、笑みを消して手を顎に当てた。

「カレンの葬儀の時、かな。あの時、ジェラルドが君に言った。〝あまり会うことがなくても母親だろう〟って。」

「よく覚えているな、そんなこと」

「君とカレンが会っているなんて僕は知らなかったから、あれ? と思った。だから覚えていたんだ。君と彼女に交流があることを知っていたということは、ジェラルドも離宮に行っていたか、誰かからの情報を得ているということだろ? その時は少し気になる程度だったけれど、父上が徐々に体調を崩していって、僕にまで毒が盛られた時に気づいたんだ。ジェラルドの目的に」

悲しげに目を伏せたセドリックだったが、すぐにそれを隠すように笑みを浮かべる。

悠然とした態度を貫こうとするその様子はジェラルドとそっくりで、やはり彼らは兄弟なのだと思った。フィリナはレヴァンの服を摑んでセドリックの話に耳を傾ける。

「ジェラルドの周りでは、今も昔も動物がたくさん死んでいる。動物だけではなく、人間での効果も知りたくてカレンに試したんだろう。遅効性の毒だったんだろうな。カレンは徐々に衰弱していき、医者も毒の存在には気づかなかった。実験は成功だ。だから今度は父上に……」

そこまで言って、セドリックは肩を竦め、大きく首を左右に振って続ける。

「そこまでして欲しいものかな。玉座なんて」

誰かを殺してまで手に入れたいと思う気持ちは、フィリナにも分からない。けれどこうして、ジェラルドは周りの人間を陥れようとした。

「欲しかったんだ、あいつは。自分よりもお前のほうがその器だと、ジェラルドは気づいていた。だからお前が邪魔だったんだろう」

フィリナまで巻き込んで…とレヴァンは苦々しげに呟く。

ジェラルドが王だけではなくセドリックにまで毒を盛ったのは、そんな理由があったからなのか。フィリナは、悲しいその事実に唇を噛み締めた。

するとセドリックは、は…と小さく吐息を零すと、眉を寄せて俯いた。

「僕はそんなものいらないのになぁ」

「……ああ、そうか。ジェラルドは、わざと私室にフィリナを呼んだのかもしれない」

落ち込むセドリックを見ていたレヴァンが、ふと思いついたように言った。フィリナが首を傾げると、レヴァンは分かりやすく説明してくれる。

「王宮にフィリナを呼べば、俺が黙っているはずがないとジェラルドは考えたはずだ。あいつは、俺のフィリナに対する執着を知っているからな。フィリナのドレスのポケットに毒の薬包紙を入れたのは、激昂した俺がフィリナを自分のもとからすんなりと帰すはずがないと分かっていたからだと思う」

レヴァンの話に耳を傾けていたセドリックが、ぽんと手を打って頷く。

「なるほど。君の所有しているこの古城に彼女を連れて来ることも計算済みだったかもしれないね。君はこの土地しか持っていないし」

「ああ。あいつは最初から、俺とフィリナを犯人に仕立て上げるつもりだったんだ。あいつの側近が俺たちを殺しに来たのは、俺が毒の存在に気づく前に口を封じたかったからだろう。現に、俺は毒に気がついた」

「君はカレンや王の病状を見ているからね。毒の存在に気づく可能性が一番高い。それに最近、何事にも無関心だった君が周りに目を向けるようになった。だからジェラルドは、君が怖くなって、早いところ罪をなすりつけて殺してしまおうと思ったのかもしれない。ジェラルドとはいえ、あまりに雑な展開になったのは、君の変化に焦ったから…かもしれないね」

聞けば聞くほど、身勝手な理由だ。自分を守るために人を犠牲にする。森で見た動物たちも、実験のために殺されたのだ。そんなことをする人が王にならなくて良かった。そんな人にレヴァンが殺されなくて良かった……。フィリナはレヴァンの服をぎゅっと握った。困った人だね…と呟き、しばらく黙って俯いていたセドリックだったが、次に顔を上げた時には笑顔だった。気持ちを切り替えたのか、ニヤニヤとした顔でレヴァンを見る。

「でもまあ、君たちは無事だったし、マヴロスが必死になっているのを見れたから、まあいいか」

そんな姿は初めて見るからね、と笑う彼に目を眇めたレヴァンは、唐突に問う。

「王は死んだか？」

突然何を言うのかと、セドリックだけではなくフィリナも目を丸くした。

「生きているよ。死んで欲しかったの？」

怪訝そうに答えるセドリックに、レヴァンはトラウザーズのポケットから取り出したものを差し出す。

「そうか。ほら」

「何だ？」

小指ほどの大きさの小瓶を受け取ったセドリックは、それを見て首を傾げた。

「解毒剤……だったみたいだ」

レヴァンのおかしな言い回しに、セドリックは眉を顰める。

「……まさか、王に飲ませて試したのか？」

「ジェラルドの部屋に隠してあったから、そうじゃないかとは思っていた。薬包紙のほうはハルが調べて毒だと分かったが、それは試す時間がなかったから、直接飲ませた」

「お前な……」

「恩を売っておこうと思ってな。そのほうが早く片がつく」

それを聞いたセドリックは、一度きつく瞼を閉じてから小さく溜め息を吐く。

「やっぱり、気持ちは変わらないんだな」

「変わらない」

きっぱりと断言したレヴァンをじっと見つめ、セドリックは頷いた。

「分かった。取りあえず王宮に戻ろう。詳しい話はそれからだ」

言って、セドリックは扉へと歩き出す。その後をついて行きながら、フィリナはそっとレヴァンの耳に顔を寄せた。

「セドリック殿下って、臥せっているんじゃなかった？」

「臥せっているフリをしていたんだ。ジェラルドに毒を盛られた時点ですべて読んでいたんだろう」

そう答えるレヴァンの口調が溜め息交じりだ。

あいつは策士だ、という言葉が聞こえていたのかいないのか、セドリックはにっこりと微笑むと、レヴァンとフィリナに自分と同じ馬車に乗るよう促した。

王宮に戻った二人は、レヴァンの私室でソファーに座っていた。

セドリックは事件の後始末があるからとどこかに行ってしまったので、レヴァンが私室へと案内してくれたのだ。

「レヴァンは全部知っていたのね……」

レヴァンの肩に寄りかかるようにして座っていたフィリナは、ぽつりと言った。

「ああ」

レヴァンは頷き、黙っていてすまなかった、と謝る。

「いいの。ただちょっと……私が何も知らなかったから、レヴァンを振り回すことになってしまったのだと思ったの」

「フィリナが何も知らなかったのは、俺が何も言わなかったからだ。すまない」

申し訳なさそうにこちらを見るレヴァンに、フィリナは、ううん…と首を振った。

「私も、ジェラルド殿下から聞いた話をすぐにレヴァンに話せば良かったと後悔したの。……私たち、言葉が足りなかったのね」

「そうだな……」

レヴァンは落ち込むフィリナの頬に手を添え、そっと優しく撫でた。

「これからは、隠し事はなしにしよう」

その言葉に、フィリナは大きく頷く。

隠し事をすると誤解を生む。その誤解でフィリナはレヴァンを傷つけたのだ。もうこれ以上彼を傷つけたくなかった。

レヴァンの手に自分の手を重ね、フィリナは微笑む。

もう二度と、この手を振り解きはしない。ずっと傍にいて、握り続けたい。

レヴァンはまっすぐにフィリナを見つめると、何もかもを話すよ、と言った。

「フィリナを置いて王宮に戻った時、俺は王に約束を取りつけたんだ。一つは、ジェラルドの身辺を探ること」

レヴァンはフィリナの手を痛いくらいに握り、フィリナがまだ知らない事実を語る。

「ジェラルドが犯人だということは、フィリナのドレスのポケットから出てきた薬包紙で気づいた。フィリナがあの日、あのドレスの時に俺以外で接触したのはジェラルドの周辺の者たちだけだ。薬包紙は、昔、母の枕元で同じものを見たんだ。そして母の部屋にいつも生けてあった花は、ジェラルドが気に入っている花だった。それに、王が体調を崩す少し前から、微かにだが王からその花の匂いがしていた。それらの意味を考えた時、その薬包紙と花が結びついたんだ。だからジェラルドの部屋に忍び込んで解毒剤を探した。毒は解毒剤があって初めて利用価値が生まれるものだ。自室に毒を放置しておくような真似はしないだろうが、逆に、解毒剤は置いているかもしれないと思った。思ったとおり、鍵のついた箱の中からそれらしき小瓶を見つけた」

「それを王に飲ませたの？」

古城でのレヴァンとセドリックの会話を思い出し、フィリナは眉を寄せた。

「ああ。解毒剤は身近に置いてあるだろうと思っていたから、厳重に鍵をかけて隠してあったそれこそが解毒剤だと思った」

もし違っていたらどうするつもりだったの？　とフィリナが訊く前に、レヴァンがさらりと言う。

「それが効くがどうかは賭けだったけどな。王がまだ生きてるということは、毒ではなかったんだろう」

「賭けだったの？」

目を丸くするフィリナに、レヴァンはあっさりと頷いて見せた。

「ああ。でも、十中八九大丈夫だと思っていた」

「それならいいけれど…」

確信があったからこそレヴァンはそれを飲ませたのだろうし、あやしいものを王が自ら口にするとは思えない。フィリナはほっと息を吐き出した。

そんなフィリナの肩を抱き寄せ、レヴァンは甘く囁くように言う。

「俺はフィリナを離したくない。だから、王に恩を売って、円滑にフィリナと結婚できる環境を整えるつもりだったんだ」

彼はフィリナとの未来を考えて行動していたのだ。それが嬉しくて、フィリナはレヴァンの顔に手を伸ばした。

「レヴァン……」

仮面に手をかけたフィリナに、レヴァンは頷いて見せる。

キスがしたい。深く確かめ合いたい。

二人の気持ちは同じだった。

フィリナが両手で仮面を取ろうとしたその時、コンコンとノックの音が部屋に響いた。

そして入室を許可する間もなく扉が開く。

「やあ。お邪魔だったかな？」

入って来たのはセドリックだった。

「邪魔だ」

レヴァンは仮面をつけ直し、勝手に入室したセドリックをぎろりと睨む。

しかし、セドリックは意に介した様子もなく、フィリナたちの真正面のソファーに腰を下ろした。

「いや〜、ジェラルドの聴取が進まなくてね」

そう言って溜め息を吐いたセドリックは、背もたれに体を預け、両手を頭の後ろに組んで続ける。

「自分は何もしていないって言うんだよ。全部、花を献上してきた貴族がやったことだってさ。確かに、ジェラルドの部屋からは何も出てこなかったけどさぁ」

「ジェラルドが俺の部屋に毒を仕込みに行くところを見ていたんだろ？　だからジェラルドを捕らえたんじゃないのか？」

フィリナから体を離しながらレヴァンが言うと、セドリックは頷いた。

「もちろん、状況証拠はばっちりだよ。他にも証拠は揃ってる。でもね、どんなに証拠を突きつけてもジェラルドは認めないんだ。ちょっと首を縦に振ってくれるだけでいいのにさ〜。このままだと、貴族たちを罰しておしまい、ってことになりかねないよ」

「証拠が揃っているならジェラルドも罰せるだろう」

「それは難しいね。相手が第一王子というのもあるけど、ジェラルドは狡猾でさ。証拠の一つひとつに言い逃れられるだけのを準備しているわけ」

「狸の化かし合いってわけか」

「うん。さすが僕の兄だよね」

けろりとした顔で、セドリックは自分が狸だと認める。

その悪びれない態度がジェラルドと同じで、フィリナも、二人が血の繋がった兄弟であると改めて実感した。

小さく苦笑するフィリナに気づいたセドリックは、レヴァンとフィリナを交互に見つめて瞳を輝かせた。

「マヴロスは女性経験なんてなかっただろう。やり方だって知らなかったんじゃないのかい？　君たちは無事に…」

「ハル」

セドリックの言葉を遮るようにして、レヴァンが呼ぶ。するとハルはどこからか素早く姿を現した。全身黒尽くめの部下に、レヴァンは短く命令する。

「追い出せ」

ハルは小さく頷くと、セドリックの襟首を掴んで引っ張った。

王子の襟首を掴んで乱暴に引きずっているのだ。これは不敬罪になるのではないのかと、フィリナは心配になる。

「おいおい。僕はこれでも王子だよ。そんなに邪険に扱っていいのかい？」

おとなしく引きずられながら、セドリックは文句を言った。ハルは、扉に向かう足を止めずに答える。

「私の主はマヴロス殿下ただ一人です。この先、何があろうとも。先程、王にもその許しをいただきました」

「へえ、それは殊勝な心がけだね」

感心感心と呟き、ハルを見上げたセドリックは、あれ？　という顔をして自分の襟首を摑んでいるハルの手を振り払った。

「……君、マティアスに似ているね」

セドリックはそう言って、布を巻いているせいで目もとしか見えていない彼をじろじろと眺め始めた。

不快そうに眉を寄せたハルは、ぼそりと答える。

た。

「え？　君、マティアスの弟なの？」

「弟ですから」

目を丸くしたセドリックは、ハルの許可なく彼の口もとに巻かれた布を引き摺り下ろした。

「本当だ。マティアスとそっくりなんだね」

布の下から現れたハルの端正な顔を見て、セドリックは手を叩いて喜ぶ。それを射殺しそうなほど鋭く睨み、ハルは布をもとに戻した。

フィリナは、初めて目にしたハルの顔に動揺を隠せなかった。

レヴァンの父親がマティアスという名前なのは、彼本人から聞いていた。ハルはマティアスの弟だと言う。ということは、彼はレヴァンの叔父である。

血の繋がったレヴァンとハルがそっくりなのは不思議ではない。レヴァンがもう少し年をとればハルのようになるのだと思ったら、不覚にもときめいてしまったのだ。

幸いレヴァンはフィリナの心情には気づいていないようで、ハルに、早く行けと手を振っていた。

ハルはセドリックに手を伸ばして捕まえようとした。しかしセドリックはそれをひらりとかわし、今度はレヴァンの仮面を取ろうとする。

「マヴロスも仮面を取って見せてよ」

「嫌だ」

レヴァンは即答すると、セドリックの手を邪険に払う。

「どうして？　王から聞いたから、僕はもう君の秘密を知っているよ？」

「嫌だ」

「どうしても？」

食い下がるセドリックを無視して、レヴァンはハルを見る。

するとハルは、セドリックの首に腕を回し、絞め殺しそうなほどの勢いで彼を引きずって行った。

「ねえ、レヴァン」

彼らを見送りながら、フィリナはレヴァンの手を引く。

「ハル様は気配なく現れたけれど、いつもどこにいるの？」

「呼べば現れる距離にはいるんじゃないか？」

なぜそんなことを訊くのかと言うように、レヴァンは首を傾げた。フィリナは彼を見上げ、知りたいけれど知りたくないという気持ちを抱えつつも、思い切って口を開く。

「もしかして、私たちが…その…あれを…していた時も、いたの？」

「フィリナの体を俺以外に見せると思うか？　だが、声をかけたらすぐに現れたから、声が届くところにはいたんだろうな」

レヴァンはあっさりと頷いた。その瞳が、それが何だと言っていて、フィリナは叫び出したくなる。

一糸まとわぬ姿で抱き合い、人には言えないことをしていたのをハルにすべて聞かれていたということか。

羞恥で悶えることしかできなくなったフィリナに、扉まで引きずられていたセドリックが、振り返ってにっこりと笑った。

「彼は僕が連れて行くから、この後、思う存分励むといいよ」

「そうしよう」

レヴァンは真面目に答えたが、フィリナは顔を上げることができなかった。

聞こえないように声をひそめていたはずなのに、セドリックはフィリナたちの会話が聞こえていたのだ。

セドリックとハルの足音が遠ざかる。すると、両手で顔を覆うフィリナの耳に、レヴァンが唇を押し当てた。

いつの間にか仮面を外していた彼は、フィリナの手をはがして視線を合わせ、優しく囁く。

「隠すな、フィリナ。……隠し事はなしと言っただろう」

一瞬前までは恥ずかしくてレヴァンの顔も見れないと思っていたのに、彼に名を呼ばれると視線を逸らせなくなる。

レヴァンがフィリナに顔を寄せた。反射的にフィリナは瞼を閉じ、唇が重なるのを待つ。ふわりと軽く触れて、一度離れたがすぐに僅かに開いたフィリナの唇の隙間から舌が入り込んできた。

「……っ……んっ」

舌同士が触れ合い、くすぐるように表面を舐められると、フィリナの体がピクリと反応する。じんわりとした熱が体の奥から生まれ、じわじわと体全体に広がっていった。

感触を楽しむかのように舌が絡み、フィリナも懸命にそれに応える。フィリナの舌よりも厚くて長いレヴァンのそれは、フィリナの口腔をあますことなく這い回った。濡れた音を響かせて上顎や歯列がなぞられると、小さな喘ぎ声が漏れる。

「フィリナ……」

熱情に濡れたレヴァンの瞳から、彼がこの先を望んでいるのが分かった。

先程のセドリックの言葉どおりになるのには抵抗があったが、彼が部屋に入って来る直前、フィリナはレヴァンが欲しいと思い、キスをねだったのだ。

深く繋がり合うことをフィリナだって望んでいる。

至近距離にあるレヴァンの唇に、フィリナは噛みつくようにキスをした。レヴァンの欲望が布越しにフィリナの太ももに当たる。

レヴァンは剝ぎ取るようにフィリナのドレスを脱がせると、自らももどかしそうに服を脱ぎ捨てた。

熱い息を吐き出しながらフィリナをベッドに運び、押し倒したレヴァンは、秘部に手を伸ばし、すでに濡れ始めている割れ目に指を這わせた。

すぐにでも挿入したいとでも言うように、レヴァンは性急にフィリナを昂ぶらせる。

僅かに流れ出していた愛液をグチュグチュと指に絡めると、それを膣内にぐっと押し込んだ。

「……ぁあっ……！」

そこは少しだけ抵抗を見せたが、入り口を越えてしまえば、すんなりとレヴァンの指を飲み込む。

レヴァンはすぐに二本目の指も奥へと進ませると、膣内を解すように出し入れを繰り返した。

「……んぁ、あ、ぁ……んん…」

膣内で指が動く度に、新しく分泌された愛液が掻き出される。それがたらりとベッドに零れ落ちるのを感じ、フィリナは恥ずかしさに身を捩った。

それを催促ととったのか、レヴァンは指を引き抜くと、熱く猛った己自身をゆっくりと挿入する。

ズルズルと膣壁を擦って入ってくる猛りに、フィリナの背は大きく仰け反った。

「……ゃ…あぁん、は、あ…ぁ…」

レヴァンのものに体の中を擦られている。

気持ちが良くて、心が満たされて、フィリナの口からは満足げな溜め息が漏れた。

レヴァンはフィリナの両足を抱えて猛りをすべて膣内に収めると、間を置かずに腰を動かし始める。フィリナが感じる場所を知っているレヴァンは、そこを目掛けて突き上げた。

「あああぁ……！　やぁ、ん……！」

繋がったばかりだというのに、一気に絶頂へと押し上げられてしまう。

強烈なその快感についていけず、フィリナは体を離そうと腕を突っ張る。しかしレヴァンの動きは止まることなく、いっそう激しくガクガクと揺さ振られた。

快感から逃れられないと悟ったフィリナは、レヴァンの首に縋りついて自らも腰を揺らす。

本能のままに互いに快感を貪り合い、与え合いながら、二人は絶頂を目指した。

「…はぁ、あぁぁんっ…ぁ…レヴァ、ン…ぅんん…っ！」

激しい水音が耳に届く。

それすらも快感に変えて、フィリナはレヴァンを求めた。

「……フィリナ…っ…！」

余裕なくフィリナの名を呼んだレヴァンは、その小さな体をぎゅっと強く抱き締めて奔流を吐き出す。

体の奥に感じるレヴァンの熱に、フィリナは満たされた気持ちで息を吐き出した。そしてそのたくましい肩に噛りつくように懸命に体を密着させた。

ひとつになれるように。

二度と離れないように。

隙間ができないくらいにぴたりと合わさった肌が、互いの熱を奪い合う。

どちらの肌なのか境界線が分からなくなるまで、二人はしっかりと抱き合った——。

エピローグ

セドリックの予想どおり、カレン暗殺と王と王子に毒を盛った罪はジェラルドではなく貴族たちに科せられた。

けれど、王は未だ完全には疑いの晴れていないジェラルドを離宮に閉じ込めることにしたらしい。

セドリックは事件の後処理のために忙しく走り回っているようだ。

ジェラルドの王位継承権が剥奪された今、次期国王は彼なのである。そのせいで休む暇もないと嘆き、たまにレヴァンのもとで一時の息抜きをしていくそうだ。

フィリナの家族は、フィリナが誘拐されたとジェラルドから聞かされて大変だったと、後に祖父母が語ってくれた。母は倒れ、エリクはフィリナを探しに行くと言って屋敷を飛び出そうとし、動揺した父は鎧をつけてジェラルドの騎士たちについて行こうとした。そんな父を祖父母が止めたらしい。それを聞いたフィリナは、祖父母が別宅に帰っていなくて良かったと感謝した。

フィリナが無事に戻った時には、玄関から飛び出してきた家族に泣きながら抱き締められた。心配をかけてしまったことが申し訳なくて、フィリナは何度も謝り、その日は初めて家族皆で一日中同じ部屋で過ごした。

そしてあれから数日後。

フィリナはレヴァンと湖畔にいた。

仮面を外したレヴァンは、いつものように手を繋いで軽い散歩を促す。その後、二人の姿を映す湖面を並んで見つめていると、ふいにレヴァンがポケットから小さな箱を出した。

少し色褪せたそれは、宝石を入れる類のものに見えた。

レヴァンはその小さな箱の中から、透き通るように鮮やかな、大きな真紅の石がついた指輪を取り出した。よく見ると、その大きな石の両脇には透明に輝く小さな石がついている。

「この指輪は母の形見なんだ」

指輪を見つめながら、レヴァンはぽつりと言った。

「父が、母に贈った指輪だ……」

カレンは、側室になっても愛する男にもらった指輪を大事にしていたのだろう。

「これを俺に渡した数日後に彼女は死んだ。きっと彼女は、自分の死期を悟っていたんだろう」

レヴァンの目が悲しそうに伏せられる。

「レヴァンはお母様に愛されていたのね。そしてレヴァンもお母様を愛していたんだわ」

フィリナはそっとレヴァンの腕に手を添えて言った。するとレヴァンは迷子の子供のような心もとない顔をする。

「そう、なのか？　俺は母を愛していたんだろうか？」

「そうよ。お母様が亡くなって悲しかったでしょう？　じっとしていられなかったから庭園に行ったと言っていたじゃない」

「そうか。……俺は、悲しかったのか」

レヴァンは戸惑うように眉間に皺を寄せた。

フィリナはレヴァンの手にある指輪を見下ろしながら言葉を重ねる。

「レヴァンはお母様に愛されていた。だからお母様がいなくなって、とても寂しかったのね。立ち止まってはいられないほどに」

ね？　とレヴァンの顔を覗き込むと、彼の瞳から一粒だけ涙が零れ落ちた。

レヴァンは、目を閉じてしばらくじっとしていた。

彼が今何を思っているのか、フィリナには分からない。けれど、悲しい気持ちだけを抱えているわけではないということは分かる。彼の表情は、とても柔らかだった。

次に瞼を開けた時には、その黒い瞳に涙はなかった。その透き通るような綺麗な瞳が、まっすぐにフィリナに向けられる。

「俺は、フィリナと出逢ったあの時から、この指輪はフィリナに贈ると決めていた」

フィリナはその言葉に目を見開いた。

母親の形見である大事なそれをフィリナに贈るとレヴァンは言ったのだ。遠い昔、出逢った時からそう決めていた、と。

レヴァンの想いの深さに胸を打たれ、フィリナの瞳が潤む。

驚きはあるけれど、それ以上に嬉しい気持ちが胸の奥から溢れ出てきた。

擦れ違い、傷つけ合った。それでも、フィリナはレヴァンと一緒にいたいと願い、レヴァンはフィリナと歩む未来を考えてくれた。

愛しくて、その分胸が苦しくて、声が出ない。

レヴァンは今にも泣き出しそうになっているフィリナの左手を取った。そして指輪をゆっくりと薬指に嵌める。

初めからフィリナのものだったかのように、ぴったりと指に収まった。

フィリナはそれをじっと見つめる。二人を祝福しているかのように指輪がよりいっそう輝きを増した気がした。

瞳に涙を溜めて指輪を見下ろすフィリナの手をきゅっと握って、レヴァンは、顔を上げて…と囁いた。

素直に顔を上げたフィリナをレヴァンは優しく見つめる。

「あの時のやり直しをさせてくれ。フィリナ、俺は……」

そこで言葉を切ったレヴァンは、真剣な眼差しで告げる。

「フィリナが好きだ。俺と結婚して欲しい」

一言一言を大切に声にしたその言葉に、フィリナの大きな瞳から涙が零れ落ちた。

以前、湖でプロポーズされた時とは違う。嬉しい、幸せだという気持ちがフィリナを満たす。

唇を震わせて泣き笑いの表情になるフィリナに、レヴァンは優しい眼差しを向けて小さく首を傾げた。

「フィリナ、俺と結婚してくれるか？」

早く言ってくれ、と目で語るレヴァンに、フィリナは感激の涙を流しながら必死に笑顔をつくる。

「はい。……私、レヴァンと結婚したい」

震える声で返事をすると、フィリナはレヴァンの胸に飛び込んだ。それをしっかりと受け止めたレヴァンは、きつくフィリナを抱き締める。

自分をすっぽりと包み込んでくれる大きな存在に、フィリナはずっとこのままこうしていたいという幸せな安らぎを感じた。

この存在を失いたくない。そのためには、これからどんな困難が訪れても、それに立ち向かえる自分にならなくてはいけない。

ジェラルドの剣で胸を突かれたレヴァンを、ただ見ていることしかできなかった自分では駄目なのだ。

「……私、レヴァンを守れるように頑張るわ」

レヴァンの胸に頬を擦りつけるようにして、フィリナは言った。するとレヴァンは、フィリナの髪の毛に口づけを落として力強く誓う。

「俺も、何があっても必ずフィリナを守るよ」

そして首を傾げるようにしてフィリナの顔を覗き込むと、柔らかく目もとをゆるめて微笑んだ。それにつられて、フィリナも泣くのをやめて満面の笑みを浮かべる。

微笑み合った二人は、どちらからともなく瞼を閉じ、唇を寄せた。幸せな気持ちで合わせた唇は、そこからお互いへの気持ちが溢れ出すような喜びに満ちていた。

唇を離し、至近距離で見つめ合った後、レヴァンはフィリナを抱き締めながら囁く。

「王に取りつけた約束はもう一つあったんだ」

その言葉に、フィリナは記憶を呼び起こした。

「ジェラルド殿下の身辺を探ること以外に？」

「ああ」

頷いたレヴァンは、体を離してフィリナと目を合わせた。その瞳が、僅かに細められる。

「それは、俺を王位継承の争いから解放すること」

「解放……？」

フィリナはきょとんと首を傾げた。するとレヴァンは腰に下げていた道具袋から仮面を取り出し、じっとそれを見下ろした。

「以前から考えていたことだ。俺は王の子ではない。俺がいると王宮では余計な諍いが増

える。今回のようにフィリナを危険な目に遭わせてしまう」

レヴァンは視線を落としたまま、目もとを和らげて続ける。

「マティアスの家が俺を養子にしたいと申し出てくれたんだ。ハルが手をまわし、養子にと進言してくれたみたいでな。マティアスの家も薄々事情は察しているようだ」

ハルにとってレヴァンは甥だ。彼は、身分を捨てると言ったレヴァンを放っておけなかったのかもしれない。

「手続きが済んだら、マヴロスは死んだことになる」

そこはセドリックがうまくやってくれるだろうと、レヴァンは小さく笑った。

レヴァンは、仮面を外すことを許されずに生きてきた。彼の素顔を知っている人間はほんの一握りしかいない。だから、第三王子のマヴロスが死んだことになっても、レヴァンがその人だとは誰も気づかないということだ。

「これはもう、必要ない…」

両手で握り締めた仮面を見下ろし、ぽつりとレヴァンは漏らす。その声は、少しだけ寂しそうであり、嬉しそうにも聞こえた。

「どんな身分でも、レヴァンが私の王子様であることには変わりはないわ」

レヴァンの手の中にある仮面を撫でながら、フィリナは彼を見上げる。するとレヴァンは目を細め、嬉しそうに頷いた。

「新しい人生を、フィリナと一緒に歩んでいきたい」

マヴロスではなく、レヴァンとして。

これからが、レヴァンとしての本当の人生なのかもしれない。

彼は、何かから解放されたように晴れやかな笑みを浮かべた。

あとがき

　はじめまして。水月青《みづきあお》と申します。この度は、『仮面の求愛』を手にとっていただき、誠にありがとうございます。

　少女が一途に青年を愛する話、と書きたいところですが、執着系男子が初恋の相手を陰から見守り続けて手篭めにする話です。こうして書くと、ちょっと残念なヒーローですね。でも、「偏執的な愛」がテーマだから大丈夫！　……ですよね？　そんな内容ではありますが、少しでも楽しんでいただけたら嬉しいです。

　担当編集のY様。最後まで見捨てずにご指導くださって、ありがとうございました。素晴らしいイラストを描いてくださった、芒其之一《すすきそのいち》様。仮面のヒーローと聞いて戸惑ったと思います。ですが、ラフをいただいた時は、あまりにもイメージ通りで驚きました。それまでぼんやりとしていた人物像が、芒様の描いてくださったイラストのおかげできちんと形成できて、キャラの内面に目を向けることができました。感謝の気持ちでいっぱいです。KMM様。精神的に支えてくれて、自分のことのように喜んでくれて、本当にありがとうございます。そして、この本を手にとってくださった皆様に心より感謝申し上げます。ありがとうございました！

水月青

この本を読んでのご意見・ご感想をお待ちしております。

◆ あて先 ◆

〒101-0051
東京都千代田区神田神保町2-4-7 久月神田ビル7階
㈱イースト・プレス　ソーニャ文庫編集部
水月青先生／芒其之一先生

仮面《かめん》の求愛《きゅうあい》

2013年5月6日　第1刷発行

著　者　水月青《みづきあお》
イラスト　芒《すすき》其《そ》之《の》一《いち》

装　丁　imagejack.inc
D T P　松井和彌
編　集　安本千恵子
発行人　堅田浩二
発行所　株式会社イースト・プレス
〒101-0051
東京都千代田区神田神保町2-4-7 久月神田ビル8階
TEL 03-5213-4700　FAX 03-5213-4701
印刷所　中央精版印刷株式会社

ISBN 978-4-7816-9506-8
定価はカバーに表示してあります。

Sonya ソーニャ文庫の本

『秘された遊戯』 尼野りさ

イラスト 三浦ひらく